노인과 바다

세계교양전집 15

노인과 바다

어니스트 헤밍웨이 지음

서나연 옮김

올리버

어니스트 헤밍웨이Ernest Miller Hemingway

· 차례 ·

노인과 바다

그는 멕시코 만류에서 작은 배로 혼자 물고기를 잡는 노인이었는데 팔십사 일째 한 마리도 낚지 못하는 중이었다. 처음 사십일 동안은 사내아이 하나가 같이 있었다. 하지만 고기를 한 마리도 잡지 못한 채 사십 일이 흘렀을 때 부모는 아이에게 이제 그 노인은 결국 살라오가 된 것이 틀림없다고 말했다. 살라오는 지독히도 운이 없다는 뜻이다. 그래서 아이는 부모가 하라는 대로 다른 배에 탔고, 그 배에서는 첫 주부터 제법 큰 물고기를 세 마리나 잡았다. 사내아이는 날마다 빈 배로 돌아오는 노인이 애처로워서 매번 낚싯줄 뭉치나 갈고리, 작살, 돛대에 감은 돛을 나르는 것을 도왔다. 밀가루 포대를 덧댄 돛이 둘둘 말린 몰골은 마치 영원한 패배의 깃발 같았다.

깡마른 노인은 목 뒷덜미에 짙은 주름이 잡혀 초췌한 모습이었다. 뺨에는 열대의 바다에 반사된 햇빛으로 얻은 양성의 피부

암 탓에 갈색 반점들이 있었다. 반점은 그의 얼굴 양옆으로 상당히 아래쪽까지 이어졌고, 양손에는 줄에 걸린 묵직한 고기들을 다루느라 깊게 팬 상처가 있었다. 하지만 새로 생긴 것은 하나도 없었고, 죄다 물고기 없는 사막에 바닷물이 침식했던 때만큼이나 오래전에 생긴 상처들이었다.

노인의 모든 것이 노화되었지만, 눈만은 예외였다. 바다와 같은 빛깔의 눈에는 생기가 넘치고 지친 기색이 없었다.

"산티아고 할아버지."

사내아이는 배를 끌어 올려놓은 기슭에서 올라가며 말했다.

"할아버지 배에 다시 탈 수 있어요. 돈을 좀 벌었거든요."

노인은 아이에게 고기 잡는 법을 가르쳤고 아이는 노인을 좋아했다.

"아니다. 네가 타는 배가 운이 좋으니 그 사람들과 그대로 있거라."

"하지만 할아버지가 팔십칠 일 동안 물고기를 잡지 못하셨는데, 그러다가 우리가 삼 주 내내 매일 큰 물고기를 낚은 적도 있잖아요. 기억나시죠?"

"기억나지. 네가 나를 못 믿어서 떠난 게 아니란 건 나도 안단다."

노인이 말했다.

"아빠 때문에 떠난 거예요. 저는 어리니까 아빠가 시키는 대로 해야 하잖아요."

"알지. 그건 지극히 정상적인 일이야."

"아빠는 믿음이 그다지 없어요."

"그렇지. 하지만 우리는 있지. 그렇지 않니?"

노인이 말했다.

"맞아요. 제가 테라스에서 맥주를 사드릴게요. 물건은 그다음에 나르는 게 어때요?"

사내아이가 물었다.

"안 될 것 없지. 어부들끼리인데."

노인이 대꾸했다. 두 사람은 테라스에 자리를 잡았다. 어부 여럿이 노인을 놀렸지만, 그는 화내지 않았다. 나이가 많은 축에 속하는 다른 어부들은 노인을 보고 안쓰러워했다. 하지만 그들은 그런 내색은 하지 않고 조류와 낚싯줄을 내린 깊이, 그리고 꾸준히 이어지는 좋은 날씨와 자신들이 보았던 것에 관해 점잖게 말했다. 그날 실적이 좋았던 어부들은 벌써 돌아와서 잡은 청새치를 손질해 널빤지 두 개에 길게 펼쳐 날랐다. 사내 둘이 널빤지 끝을 하나씩 맡아 비틀비틀 집어장으로 옮기면, 그곳에서 아바나의 시장으로 운반할 냉동 트럭을 기다리는 것이었다. 상어를 잡은 어부들은 내포 반대편의 상어 공장으로 갔다. 공장에서는 도르래 장치로 상어를 들어 올려, 내장을 제거하고 지느러미도 잘라내 껍질을 벗긴 다음 소금에 절이기 위해 토막을 냈다.

동풍이 불면 상어 공장에서 풍기는 냄새가 부두를 가로질러 퍼졌다. 하지만 오늘은 바람이 북쪽으로 돌아갔다가 잦아들어 희미한 냄새의 기운만 느껴질 뿐이었고, 테라스는 쾌적하고 화창했다.

"산티아고 할아버지."

사내아이가 말했다.

"그래."

노인이 대답했다. 그는 잔을 든 채 여러 해 전을 돌이켜보고 있었다.

"제가 나가서 내일 쓰실 정어리를 구해 올까요?"

"아니다. 가서 야구나 해라. 아직은 내가 노를 저을 수 있고, 그물은 로헬리오가 던져줄 거다."

"제가 가고 싶어서 그래요. 같이 고기를 잡으러 갈 수 없으면, 다른 방법으로라도 도와드리고 싶어요."

"네가 맥주를 샀잖니. 너는 벌써 다 컸구나."

노인이 말했다.

"할아버지가 저를 처음 배에 태워주셨을 때 제가 몇 살이었죠?"

"다섯 살이었지. 내가 너무 팔팔한 고기를 낚아서 배를 거의 산산조각 내는 바람에 네가 목숨을 잃을 뻔했지. 기억나니?"

"꼬리를 철썩거리면서 쾅쾅 쳐대서 배 가로장이 부서진 게 기억나요. 막 때리는 소리도요. 할아버지가 저를 젖은 낚싯줄 사리가 있는 뱃머리 쪽으로 밀어놓으셨잖아요. 그때 배 전체가 흔들리면서 할아버지가 나무를 찍어 넘기듯이 그놈을 때리는 소리가 들리고, 들큼한 피 냄새가 온몸에 덮쳐오던 기억도 나요."

"그걸 정말로 기억하는 거냐, 아니면 내가 네게 그렇게 말했던 게냐?"

"할아버지랑 저랑 처음으로 같이 고기 잡으러 갔던 때부터 모조리 다 기억하는걸요."

노인은 햇볕에 그을린 눈으로 아이에게 신뢰와 애정이 깃든 시선을 보냈다.

"네가 내 아들이었으면 데리고 나가 모험을 해볼 테지만, 너는 네 아버지와 어머니의 아들이잖니. 게다가 운이 좋은 배를 타고 있고."

그가 말했다.

"제가 정어리를 가져와도 돼요? 미끼 네 마리를 구할 수 있는 곳도 알아요."

"오늘 쓰고 남은 게 있어. 소금 든 상자에 넣어두었지."

"제가 싱싱한 걸로 네 마리 가져올게요."

"하나만."

노인이 말했다. 그는 결코 희망과 자신감을 잃은 적이 없었다. 하지만 지금은 순풍이 일듯이 희망과 자신감이 새롭게 솟았다.

"두 마리요."

사내아이가 말했다.

"두 마리."

노인이 동의했다.

"훔친 건 아니겠지?"

"훔칠 수도 있었죠. 하지만 이건 샀어요."

사내아이가 대답했다.

"고맙구나."

노인이 말했다. 그는 무척 소박한 사람이라서 자신이 언제 겸
손해졌는지 생각해보지도 않았다. 다만 자신이 겸손한 태도를
갖추었고, 그게 부끄러운 일이 아니며 그로 말미암아 진정한 자
부심을 잃는 일도 없다는 것은 알았다.

"이런 조류라면 내일은 날이 좋겠구나."

그가 말했다.

"어디로 나가실 건데요?"

사내아이가 물었다.

"멀리 나가서 바람이 바뀌면 들어와야지. 날이 밝기 전에 나
가려고."

"우리 배도 멀리 나가도록 해볼게요. 진짜 큰 놈이 걸리면 우
리가 가서 도울 수 있으니까요."

사내아이가 말했다.

"그 사람은 너무 멀리까지 나가는 건 좋아하지 않아."

"맞아요. 하지만 새가 움직이는 거라든가, 뭐 그런 것처럼 우리 배에서 그분이 못 보는 걸 제가 볼 거예요. 그렇게 하면 만새기를 따라서 멀리 나가게 할 수 있어요."

사내아이가 말했다.

"그 사람 눈이 그 정도로 나쁜 게야?"

"거의 앞을 못 보는 거나 마찬가지예요."

"거참 이상하구나."

노인이 말했다.

"그이는 거북잡이를 나간 적도 없거든. 그게 눈에는 치명적이지."

"하지만 할아버지는 모스키토 해안에서 몇 해나 거북잡이를 하셨는데도 눈이 괜찮잖아요."

"나는 유별난 노인이잖니."

"그런데 지금도 정말로 큰 물고기를 잡을 만큼 건강하신 거죠?"

"그런 것 같구나. 그리고 요령도 많지."

"이것들을 집으로 나르기로 해요. 제가 투망을 가져와서 정어리를 잡을 수 있게요."

사내아이가 말했다.

그들은 배에서 어구를 챙겼다. 노인은 어깨에 돛대를 메었고,

사내아이는 탄탄하게 꼰 갈색 줄 뭉치가 든 나무 상자와 갈고리, 그리고 긴 자루가 달린 작살을 옮겼다. 미끼가 든 상자는 뱃전(배의 양쪽 가장자리 부분-역주) 가까이 있는 큰 물고기를 제압할 때 썼던 방망이와 함께 작은 배의 고물(배의 뒷부분-역주) 아래에 있었다. 아무도 노인의 물건을 훔쳐 가지 않겠지만, 이슬을 맞으면 좋지 않기 때문에 돛과 굵은 줄은 집으로 가져가는 편이 나았다. 노인은 동네 사람들이 자신에게서 도둑질해 갈 리는 없다고 믿었지만, 갈고리와 작살을 배에 놔두면 괜한 유혹이 된다고 생각했다.

그들은 노인의 오두막까지 같이 걸어가 열린 문으로 들어갔다. 노인은 돛을 감은 돛대를 벽에 기대어놓았고, 사내아이는 상자와 다른 어구를 그 옆에 두었다. 돛대는 길이가 오두막의 방 한 칸에 가까울 정도였다. 구아노라고 하는 대왕야자 싹의 질긴 껍질로 지은 오두막에는 침대와 탁자, 의자가 하나씩 있었다. 그리고 흙바닥에는 숯불로 조리하는 자리가 있었다. 튼튼한 섬유질의 구아노 잎 여러 장을 판판하게 겹쳐 만든 갈색 벽에는 예수 성심상과 코브레의 성모상(쿠바의 대성당 '코브레 바실리카'에 있는 검은 성모 마리아상으로, 쿠바의 수호신으로 추앙받는다-역주)을 각각 그린 채색화가 있었다. 아내가 남긴 유품이었다. 한때는 벽에 아내의 착색사진(컬러사진이 대중적으로 보급되기 전에는 흑백필름을 인화하는 과정에서 색을 입힌 인화지를 사용하거나 인화 후 손으로 색을

칠하기도 했다-역주)이 걸려 있었다. 하지만 그 사진을 보노라면 너무 외로워지는 탓에 떼어냈고, 지금은 구석진 선반 위 깨끗한 셔츠 아래에 있었다.

"뭘 드실 거예요?"

사내아이가 물었다.

"노란 쌀밥(사프란이나 강황과 같은 향신료를 넣어 노란색을 띠는 밥-역주)과 생선이 있어. 너도 좀 먹을 테야?"

"아뇨, 전 집에 가서 먹을게요. 불을 피워드릴까요?"

"아니다. 내가 나중에 피우마. 아니면 찬밥을 먹어도 되고."

"제가 투망을 가져가도 돼요?"

"물론이지."

투망은 없었고, 사내아이는 투망을 팔았던 때를 기억하고 있었다. 하지만 그들은 이런 꾸며낸 이야기를 날마다 되풀이했다. 노란 쌀밥과 생선도 없었고 아이도 이를 알았다.

"팔십오는 행운의 수야. 내가 내장을 빼고도 오백 킬로그램에 가까운 놈을 잡아오면 어떻겠니?"

노인이 말했다.

"전 투망을 가지고 정어리를 잡으러 갈게요. 현관 쪽 해 드는 자리에 앉아 계시겠어요?"

"그래. 어제 신문이 있으니 야구 기사를 읽어야지."

사내아이는 어제 신문도 꾸며낸 말이 아닌지 알 수 없었다. 하지만 노인은 침대 밑에서 신문을 꺼냈다.

"보데가(식료품이나 포도주를 파는 곳-역주)에서 페리코가 줬단다."

노인이 설명해주었다.

"정어리를 구하면 돌아올게요. 할아버지 것도 제 것과 함께 얼음에 올려두었다가 아침에 나누면 돼요. 돌아오면 야구 이야기를 해주세요."

"양키스는 질 리가 없어."

"하지만 클리블랜드 인디언스는 무섭던데요."

"얘야, 양키스를 믿어라. 저 위대한 디마지오를 생각해봐."

"디트로이트 타이거스와 클리블랜드 인디언스 둘 다 걱정인 걸요."

"조심하지 않으면 신시내티 레즈와 시카고 화이트삭스마저 걱정스러워하겠구나."

"잘 읽어보시고 제가 돌아오면 말씀해주세요."

"끝자리가 팔십오인 복권을 사야 하지 않을까? 내일이면 팔십오일 째거든."

"살 수 있죠. 하지만 할아버지가 세운 대단한 기록으로 팔십칠은 어떠세요?"

"두 번 다시 없을 일이지. 네가 가서 끝자리 팔십오인 복권을 찾을 수 있을까?"

"주문하면 돼요."

"한 장만. 그거면 이 달러 오십 센트야. 그 돈을 누구에게 빌릴 수 있을까?"

"어렵지 않아요. 이 달러 오십 센트는 언제든지 빌릴 수 있어요."

"어쩌면 나도 빌릴 수는 있을 것 같구나. 하지만 돈 빌리는 일은 될 수 있으면 하지 않으려고 해. 처음에는 빌리지만, 그러다 보면 구걸하게 되거든."

"따뜻하게 지내세요, 할아버지. 지금은 구월이라는 걸 잊지 마세요."

사내아이가 말했다.

"큰 물고기가 오는 달이구나. 오월에는 누구든 어부가 될 수 있고."

노인이 말했다.

"저는 이제 정어리 잡으러 갈게요."

사내아이가 말했다.

아이가 돌아와 보니 노인은 의자에 잠들어 있었고 해는 져 있었다. 아이는 침대에서 낡은 군용 담요를 가져다 의자 등받이와 노인의 어깨 위로 펼쳐 덮어주었다. 이상한 어깨였다. 몹시 나이 들어 보이면서도 여전히 강인했고, 목 역시 아직 튼튼했으며 잠든 노인이 고개를 앞으로 떨구니 주름도 많이 드러나지 않았다. 수없이 기운 노인의 셔츠는 마치 돛과 같았고 덧댄 조각들은 햇빛에 제각각으로 색이 바래 있었다. 하지만 목 위쪽으로는 무척 늙어 보였고, 눈을 감은 얼굴에 생기라고는 없었다. 노인의 무릎에 놓인 신문은 팔 무게에 눌려 저녁 바람에도 그대로 있었다. 그는 맨발이었다.

사내아이가 노인을 그대로 두고 떠났다가 다시 돌아왔을 때도 노인은 여전히 잠들어 있었다.

"할아버지, 일어나세요."

사내아이는 이렇게 말하며 노인의 한쪽 무릎에 손을 얹었다.

노인은 눈을 떴고, 잠깐 멀리 떨어진 곳에서 돌아오고 있는 것 같았다. 그리고 미소를 지었다.

"뭘 가져온 거야?"

그가 물었다.

"저녁이요. 저녁 먹어야죠."

아이가 말했다.

"별로 배고프지 않은데."

"어서 드세요. 먹지도 않고 고기를 잡을 수는 없어요."

"난 그렇게 했단다."

노인은 일어나 신문을 접으며 말했다. 그리고 담요를 개기 시작했다.

"담요는 두르고 계세요. 제가 살아 있는 한 할아버지가 끼니를 거르고 고기잡이하는 일은 없을 거예요."

"그러면 오래오래 살면서 너 자신을 잘 돌보렴. 우리는 뭘 먹을 거지?"

"검은콩과 밥, 튀긴 바나나 그리고 스튜도 조금 있어요."

사내아이는 테라스에서 두 단짜리 금속 용기에 음식을 담아 왔다. 나이프와 포크와 숟가락 두 벌은 한 벌씩 종이 냅킨에 싸서 주머니에 넣어 왔다.

"이건 누가 준 거니?"

"마틴이요. 테라스 주인."

"고맙다고 해야겠구나."

"제가 벌써 인사했어요. 할아버지는 하지 않으셔도 돼요."

사내아이가 말했다.

"큰 물고기를 잡으면 뱃살을 줘야겠다. 그이가 이렇게 해준 게 이번 한 번이 아니지?"

"그럴 거예요."

"그러면 뱃살보다 더 좋은 것을 줘야겠는걸. 우리에게 배려를 많이 해주는구나."

"맥주도 두 병 줬어요."

"나는 캔에 든 맥주가 좋더구나."

"저도 알아요. 하지만 이건 아투에이(스페인 식민주의에 맞서 싸우다 쿠바로 피신한 타이노 부족 지도자 아투에이의 이름을 딴 쿠바의 대표 맥주-역주) 병맥주예요. 병은 제가 돌려줄게요."

"자상하기도 하구나. 이제 먹을까?"

노인이 말했다.

"제가 내내 드시라고 했잖아요. 할아버지가 드실 채비가 될 때까지 통을 열고 싶지 않았어요."

"난 이제 준비됐다. 손 씻을 시간이 필요했던 거야."

'어디서 손을 씻으신 거지?'

아이는 생각했다. 마을의 급수 시설은 길을 따라 두 블록을 가야 있었다.

'내가 물을 가져와야겠어. 비누와 좋은 수건도 가져와야지. 난 왜 이렇게 생각이 짧은 걸까? 겨울용으로 셔츠와 겉옷도 구해드려야 해. 신발 종류랑 담요도 한 장 더 있어야 하고.'

아이가 생각했다.

"스튜가 아주 맛있구나."

노인이 말했다.

"야구 이야기를 해주세요."

사내아이가 청했다.

"아메리칸리그에서는 내 말대로 양키스지."

노인이 만족스럽게 말했다.

"오늘은 졌어요."

사내아이가 말해주었다.

"그건 아무 의미가 없지. 위대한 디마지오가 다시 제모습을 찾았으니까."

"그 팀에는 다른 선수들도 있잖아요."

"당연하지. 하지만 디마지오는 다르지. 다른 리그에서는 브루클린과 필라델피아 사이라면 난 브루클린을 꼽아야지. 그러고 보니 딕 시슬러도 생각나고 옛 구장에서 나왔던 그 대단한 장타들도 떠오르네."

"그런 장타들은 없었죠. 딕 시슬러는 제가 본 중에 가장 멀리까지 공을 치는 타자였어요."

"그 선수가 테라스에 오곤 했던 것 기억나니? 고기잡이에 그 선수를 데려가고 싶었는데 내가 너무 소심해서 물어보질 못했어. 그래서 너에게 부탁해보라고 말했는데, 너도 소심했지."

"알아요. 아주 큰 실수였어요. 우리와 같이 가줬을지도 모르는데. 그랬다면 평생토록 간직할 일이 되었을 거예요."

"나는 저 위대한 디마지오를 고기잡이에 데려가고 싶구나. 디마지오의 아버지도 어부였다고들 그러더구나. 어쩌면 디마지오도 우리처럼 가난했을지도 모르니, 이해해줄 수도 있지."

노인이 말했다.

"명선수 시슬러의 아버지는 가난한 적이 없었어요. 그 아버지 시슬러 선수는 제 나이였을 때 메이저리그에서 뛰었어요(조지 시슬러와 딕 시슬러 부자는 모두 메이저리그 선수로 활약했다-역주)."

"내가 네 나이였을 때는 아프리카를 항해하는 가로돛 배에서 평선원으로 있었지. 저녁이면 해안에 사자들이 보였어."

"알아요. 말씀해주셨잖아요."

"아프리카 이야기를 할까? 아니면 야구 이야기를 할까?"

"야구가 좋을 것 같아요. 대선수 존 J. 맥그로에 대해 이야기해주세요."

사내아이는 알파벳 제이를 '호타'(J의 스페인어 발음-역주)라고 말했다.

"그 선수도 예전에는 테라스에 가끔 오곤 했어. 하지만 술을 마실 때는 사납고 말도 거칠어서 대하기가 힘들었어. 야구는 물론이고 경마에도 정신이 팔려 있었지. 주머니에는 항상 말 명단을 넣고 다녔고 전화로 말 이름을 들먹일 때도 많았어."

"훌륭한 감독이었어요. 우리 아빠는 맥그로가 가장 대단하다고 생각해요."

사내아이가 말했다.

"그 사람이 여기 가장 자주 왔던 터라 그런 게지. 듀로서가 계속해서 해마다 여기 왔다면 네 아버지는 그이가 가장 훌륭한 감독이라고 생각했을 거야."

"정말로 가장 훌륭한 감독은 누군데요? 루케인가요? 아니면 마이크 곤잘레스인가요?"

"둘 다 막상막하인 것 같구나."

"그리고 가장 뛰어난 어부는 할아버지고요."

"아니다. 나보다 잘하는 어부들이 있지."

"케 바Qué Va(스페인어로 '천만에', '그럴 리가'라는 뜻-역주). 잘하는 어부도 많고 뛰어난 어부도 몇몇 있긴 하지만요. 할아버지는 독보적이에요."

"고맙구나. 네 덕분에 기분이 좋구나. 너무 큰 고기가 나타나서 우리가 틀렸다는 걸 보여주는 일은 없었으면 좋겠네."

"할아버지가 말씀하신 대로 여전히 건재하시면 그렇게 할 만한 고기는 없죠."

"내 생각만큼 기운이 세지 않을지도 모르지. 그래도 요령을 많이 알고 기백이 있으니까."

노인이 말했다.

"아침에 쌩쌩하게 일어나시려면 지금 주무셔야 해요. 저는 테라스에서 가져온 것들을 돌려줄게요."

"그럼 잘 가렴. 아침에 데리러 가지."

"할아버지는 제 자명종이에요."

사내아이가 말했다.

"내 자명종은 나이란다. 늙은이들은 왜 이렇게 일찍 깨는 건지. 더 긴 하루를 보내려고 그러는 걸까?"

노인이 말했다.

"전 모르겠어요. 어린애들은 늦게까지 푹 잔다는 것만 알아요."

"나도 기억은 나는구나. 내가 제시간에 깨워주마."

노인이 말했다.

"저는 그분이 저를 깨우는 게 싫어요. 제가 더 못난 사람이 되는 것 같거든요."

"안다."

"안녕히 주무세요, 할아버지."

사내아이가 나갔다. 그들은 탁자에서 저녁을 먹으며 불도 켜지 않고 있었다. 노인은 어둠 속에서 바지를 벗고 잠자리에 들었다. 바지는 둘둘 말아 안쪽에 신문을 끼워 넣어 베개로 만들었다. 그리고 담요로 몸을 감은 채 침대 스프링을 덮은 또 다른 헌 신문 위에서 잠을 청했다.

그는 금세 잠에 빠졌고 어린 시절에 갔던 아프리카가 나오는 꿈을 꾸었다. 길게 이어진 금빛 해변과 눈이 부시도록 새하얀 모래, 높이 솟은 곶과 거대한 갈색 산이 있었다. 요즘 그는 꿈에서 밤마다 이 해안가에 살았다. 파도가 포효하는 소리가 들리고, 그 파도를 헤치고 오는 원주민의 배들도 보였다. 그는 자는 동안 갑판의 타르와 뱃밥(배의 틈새에 물이 들어오지 않도록 메우는 물질-역주) 냄새를 맡았고, 아침에는 뭍에서 부는 바람이 실어 온 아프리카의 냄새를 맡았다.

대개 그는 뭍바람 냄새를 맡으면 잠에서 깨어 옷을 입고 사내아이를 깨우러 간다. 하지만 오늘 밤에는 뭍바람 냄새가 무척 일찍 찾아들었다. 꿈속에서도 너무 이르다는 것을 알았던 그는 계속 꿈을 꾸면서 바다에 솟은 섬들의 하얀 봉우리를 보았다. 꿈에는 카나리아 제도의 다양한 항구와 정박지도 나타났다.

그는 이제 폭풍우며 여자를 비롯해 대단한 사건이나 대단한 물고기, 싸움이나 위력 경쟁 혹은 아내가 나오는 꿈을 꾸지 않았다. 지금은 오로지 여러 장소와 해변의 사자들이 나오는 꿈만 꾸었다. 사자들은 어스름 속에서 어린 고양이들처럼 놀았고, 노인은 사내아이를 사랑하듯이 사자들을 사랑했다. 사내아이가 나오는 꿈은 꾼 적이 없었다. 노인은 무심히 잠에서 깨어나 열린 문으로 달을 바라보다가 말아놓은 바지를 펴서 입었다. 그는 오두막 바깥에서 소변을 보고 아이를 깨우려고 길을 따라 올라갔다. 아침 한기에 몸이 덜덜 떨렸다. 하지만 그는 떨다 보면 몸이 데워지고 곧 노를 젓게 되리라는 것을 알았다.

사내아이가 사는 집의 문은 잠겨 있지 않았다. 노인은 문을 열고 맨발로 조용히 들어갔다. 아이는 첫 번째 방의 간이침대에 잠들어 있었다. 노인은 저무는 달빛으로 사내아이를 뚜렷하게 알아볼 수 있었다. 그가 아이의 한쪽 발을 살그머니 잡고 있으니, 이윽고 깨어나 몸을 돌려 그를 바라보았다. 노인은 고개를 끄덕였고 아이는 침대에 앉은 채 옆자리 의자에서 바지를 집어다 입었다.

노인은 문을 나섰고 사내아이가 뒤를 따랐다. 노인은 잠이 덜

깬 사내아이의 양어깨에 팔을 두르고 말했다.

"미안하구나."

"케 바. 남자라면 해야 하는 일인걸요."

사내아이가 말했다.

그들은 노인의 오두막까지 걸어 내려갔다. 가는 길 내내 어둠 속에서 맨발의 남자들이 자기들 배에 걸 돛을 나르느라 움직이고 있었다.

두 사람이 노인의 오두막에 다다르자, 사내아이는 바구니에서 줄 뭉치와 갈고리와 작살을 집어 들었고 노인은 돛을 말아놓은 돛대를 어깨에 멨다.

"커피 드실래요?"

사내아이가 물었다.

"어구들을 배에 실어놓은 다음에 마시기로 하자."

그들은 어부들을 상대로 이른 아침에 여는 곳에서 연유 캔으로 커피를 마셨다.

"할아버지, 잠은 잘 주무신 거예요?"

사내아이가 물었다. 아이는 아직도 잠을 떨치기가 힘들었지만 이제 정신이 들고 있었다.

"아주 잘 잤구나, 마놀린. 오늘은 자신감이 붙는 것 같아."

노인이 말했다.

"저도요. 이제 할아버지 몫과 제 몫의 정어리를 가져와야겠어요. 할아버지가 쓰실 싱싱한 미끼도요. 그분은 우리 어구를 직접 가져와요. 다른 사람이 나르게 하는 일이 없거든요."

사내아이가 말했다.

"우리는 다르지. 나는 네가 다섯 살 때부터 물건을 나르게 했잖니."

노인이 말했다.

"알아요. 곧 돌아올게요. 커피 한 잔 더 하세요. 여기는 외상이 돼요."

사내아이가 말했다.

사내아이는 맨발로 산호초 바위를 디디며 미끼를 보관해둔 얼음 창고로 향했다.

노인은 천천히 커피를 마셨다. 하루 내내 먹을 것이라고는 이 커피가 전부였으므로, 다 마셔야 한다는 것을 알았다. 그는 먹는 일에 싫증이 난 지 오래인 탓에 점심을 가지고 다니지 않았다. 뱃머리에 둔 물 한 병이면 하루를 지내기에 충분했다.

이제 사내아이가 신문에 싼 정어리와 미끼 두 마리를 가지고 돌아왔다. 두 사람은 발밑으로 자갈 섞인 모래를 느끼며 배가 있는 곳까지 걸어 내려가, 배를 들어 물속으로 스르륵 밀어 넣었다.

"행운을 빌어요, 할아버지."

"행운을 빈다."

노인이 말했다. 그는 노에 달린 밧줄을 놋좆(배 뒷전에 자그맣게 나와 있는 나무못-역주)에 맞추어 묶고, 몸을 앞으로 숙인 채 노깃(노를 저을 때 물속에 잠기는 노의 넓적한 부분-역주)을 밀어내며 캄캄한 가운데 항구 밖으로 노를 저어 나가기 시작했다. 다른 해변에서 바다로 나가는 배들도 있었다. 지금은 달이 산 아래로 이울이 배들이 보이진 않았지만, 노인은 노를 물에 담갔다 밀치는 소리를 들을 수 있었다.

이따금 배에서 누군가가 말을 하기도 했다. 하지만 노가 물에 잠기는 소리를 제외하면 대체로 조용했다. 그들은 항구 어귀에서 나가면 뿔뿔이 흩어져, 각자 고기를 찾기를 바라는 바다의 지역으로 향했다. 노인은 멀리까지 나갈 작정으로 뭍의 냄새를 뒤로한 채 깨끗한 이른 아침 바다의 내음 속으로 노를 저어 나갔다. 그는 수심이 700길(1길은 1.83미터로, 700길은 약 1300미터다-역주)로 급격히 깊어져 어부들이 '거대한 우물'이라고 부르는 지역을 노 저어 가다가 물속에서 해초의 인광을 보았다. 해저의 가파른 벽에 부딪혀 생기는 해류의 소용돌이 덕분에 온갖 물고기가 모여드는 이곳에는 새우와 미끼용 어류가 집중되어 있었고 때로는 가장 깊숙한 구멍에 오징어 떼가 몰려 있기도 했다. 배회하던 물고기들은 모두 밤이면 수면 가까이 올라오는 것들을 잡아먹었다.

어둑한 가운데 노인은 아침이 다가오는 것을 느낄 수 있었다.

노를 저어 가는 동안 물을 떠난 날치가 암흑 속에서 높이 치솟으면서 빳빳한 날개로 쉭쉭대는 소리가 들렸다. 그는 날치를 무척 좋아했다. 날치는 바다에서 으뜸가는 친구가 되어주었다. 그리고 새들, 특히 언제나 날아다니며 먹이를 살피지만 좀처럼 찾아내지 못하는 검은빛의 작고 가녀린 제비갈매기들을 안쓰럽게 여겼다. 그는 도둑갈매기나 육중하고 강한 새들을 제외하면 새들이 인간보다 더 고달픈 삶을 산다고 생각했다. 바다는 그토록 잔혹해질 수도 있는데 왜 새들을 저 제비갈매기처럼 마냥 가냘프고 곱게 만들었단 말인가? 바다는 너그럽고 몹시도 아름답다. 하지만 느닷없이 매우 잔인해질 수도 있다. 그런데 작고 슬픈 소리로 지저귀며 날아다니다가 물로 잠시 내려와 먹이를 건져 가는 새들은 바다에 비하면 너무 연약하게 만들어졌다.

그는 언제나 바다를 '라 마르'라고 생각했다. 바다가 좋을 때 스페인어로 이르는 말이다. 바다를 좋아하는 사람들은 바다에 대해 좋지 않은 말을 할 때도 있지만, 언제든 바다를 여성으로 일컬었다. 낚싯줄에 매는 찌 대신 부표를 사용하거나, 상어 간이 큰 돈벌이가 되었을 때 모터보트를 산 젊은 어부 몇몇은 바다를 '엘 마르'라는 남성형으로 말하기도 했다. 그들은 바다를 경쟁자나 일자리, 심지어 적수로 말했다. 하지만 노인은 언제나 바다를 여성으로, 어마어마한 호의를 베풀어주기도 하고 허락하지 않기도 하는 무언가로 생각했다. 혹여 바다가 사납거나 못된 짓을 한다면, 그것은 어쩔 수 없기 때문이라고 생각했다. 그는 달이 여성에게 그러하듯이 바다에도 마찬가지로 영향을 미친다고 생각했다.

노인은 꾸준히 노를 젓고 있었다. 속도를 잘 유지했고, 어쩌다가 소용돌이치는 해류만 아니면 수면에도 기복이 없어서 힘들지 않았다. 그는 노 젓기의 3분의 1 정도는 해류에 맡겨두었다. 날이 밝아지기 시작하자 그는 이 시간쯤 도착하기를 바랐던 곳보다 이미 더 멀리 나와 있음을 알게 되었다.

'일주일 동안 깊은 우물들에서 작업했는데 아무 성과도 없었어. 오늘은 가다랑어와 날개다랑어 떼가 있는 곳에서 작업해야겠다. 거기에 큰 놈도 같이 있을지 모르지.'

노인은 이렇게 생각했다. 날이 완전히 밝기 전에 그는 미끼를 내걸었고, 배는 해류를 따라 흘러가고 있었다. 미끼 하나는 40길 아래로 내렸다. 두 번째 미끼는 75길, 세 번째와 네 번째는 100길과 125길 아래 푸른 바닷속으로 내렸다. 미끼는 각각 대가리를 아래로 향하게 드리웠는데, 물고기 안쪽에 바늘을 걸고, 고리에서 돌출되는 구부러진 곳과 뾰족한 끝은 모두 싱싱한 정어리로 감싸서 단단하게 묶었다. 정어리는 모두 양 눈알을 꿰어 비죽이 튀어나온 쇠 부분에 반쪽짜리 화관처럼 걸렸다. 낚싯바늘 어느 한 군데라도 큰 고기가 감미로운 냄새와 좋은 맛을 느끼지 못할 곳이 없었다.

사내아이는 그에게 작은 다랑어인 날개다랑어를 싱싱한 것으로 두 마리 주었고, 그것들은 가장 깊이 내린 줄에 낚싯봉처럼 매달아놓았다. 다른 줄에는 큼직한 푸른 전갱이와 갈전갱이를 한 마리씩 매달았다. 전에도 쓴 적이 있는 것들이지만, 물고기를 유혹할 냄새를 풍기는 것은 같이 달아둔 훌륭한 정어리들의 몫이었다. 큰 연필만 한 굵기의 낚싯줄은 제각기 껍질을 벗긴 생나무 막대에 고리를 지어 묶어놓아 미끼를 당기거나 건드리기만 하면 막대찌가 물속으로 내려가게 되어 있었다. 그리고 줄마다 40길 길이로 사려놓은 줄 두 뭉치를 다른 여분의 줄에 붙들어 맬 수 있게 해두어 필요하면 고기가 300길 넘게 줄을 풀어 갈 수도 있었다.

이제 노인은 뱃전 너머로 막대찌가 잠기는지 지켜보면서 줄이 오르락내리락하며 적당한 깊이에서 똑바로 드리워질 수 있게 살며시 노를 저었다. 날은 꽤 밝아져서 언제라도 해가 떠오를 듯했다.

바다에서 해가 희미하게 솟았고 노인은 해안으로 상당히 들어간 얕은 곳에서 조류를 따라 여기저기 흩어져 있는 다른 배들을 보았다. 이윽고 해가 더 밝아지면서 수면에 환한 빛이 비쳤다. 해가 또렷하게 떠오르자 잔잔한 바다에 반사된 빛에 눈이 너무 부셔서 그는 보지 않은 채 노를 저어야 했다. 그는 물속을 내려다보고 캄캄한 물속으로 곧장 드리워진 낚싯줄들을 살폈다.

노인은 낚싯줄을 곧게 드리운 채로 유지하는 데 누구보다 능숙했다. 그렇게 하면 어두운 바닷속의 각 수심에서 헤엄치는 물고기에게 적합한 미끼를 자신이 원하는 자리에 정확히 놓고 기다릴 수 있었다. 다른 사람들은 미끼가 조류를 따라 흘러가게 두었다. 낚시꾼들은 미끼가 100길 깊이에 있다고 생각하지만, 사실은 60길 깊이인 경우도 간혹 있었다.

그는 생각했다.

'나는 미끼를 정확한 자리에 내리지. 이제는 예전만큼 운이 따르지 않을 뿐이야. 하지만 누가 알겠나? 어쩌면 오늘은. 날마다 새로운 날이지. 운이 좋으면 더 낫겠지. 하지만 난 정확한 편이 더 좋아. 그러면 행운이 찾아왔을 때 맞이할 준비가 되어 있는 거잖아.'

두 시간이 지나자, 해가 더 높아진 덕분에 동쪽을 보아도 눈이 심하게 아프지는 않았다. 이제 눈에 들어오는 배는 저 멀리 해안선 쪽에 낮게 떠 있는 세 척뿐이었다.

'평생토록 이른 아침 해가 눈을 아프게 했지.'

그는 생각했다.

'하지만 아직 눈은 멀쩡해. 저녁에는 해를 정면으로 봐도 시야가 까맣게 되지는 않아. 게다가 해는 저녁에 더 강렬하잖아. 하지만 아침에는 눈이 아파.'

바로 그때 군함새 한 마리가 길고 검은 날개를 펼치고 머리

위 하늘을 맴도는 것이 보였다. 새는 날개를 뒤로 젖힌 채 비스듬히 내려오면서 급강하하더니, 다시 원을 그리며 빙빙 돌았다.

"저 녀석이 뭔가를 찾았군. 그냥 둘러보는 게 아니야."

노인이 소리 내어 말했다.

그는 새가 맴도는 곳을 향해 천천히 흔들림 없이 노를 저어 갔다. 그는 서두르지 않고 낚싯줄이 위아래로 곧게 드리워지도록 유지했다. 하지만 해류를 조금 밀고 들어가서, 새를 이용하지 않을 때보다 속도는 빠르더라도 계속 정확하게 낚시를 할 수 있게 했다.

새는 공중으로 더 높이 날아올라 다시 빙글빙글 돌더니, 별안간 수면으로 빠르게 내려왔다. 노인은 물 밖으로 솟아오른 날치가 수면 위에서 필사적으로 나아가는 것을 보았다.

"만새기다. 큰 만새기 떼야."

노인이 외쳤다.

그는 노를 자리에 걸어놓고, 뱃머리 아래에서 작은 줄을 꺼냈다. 철사 목줄과 중형 바늘이 달린 줄에 그는 정어리 한 마리를 미끼로 달았다. 그리고 이 줄을 뱃전 너머로 내리고 고물에 있는 고리 달린 볼트에 단단히 묶었다. 다른 줄에도 미끼를 달아 뱃머리 근처에 두었다. 그는 다시 노를 저으며 이제 수면 위로 낮게 움직이고 있는 긴 날개의 검은 새를 지켜보았다.

노인이 지켜보는 동안 새는 날개를 뒤로 젖혀 다시 물로 내려갔지만, 날치를 따라가면서 거칠게 퍼덕이며 헛된 날갯짓을 했다. 노인은 달아나는 물고기를 뒤쫓는 큰 만새기 떼 탓에 물이 조금 불룩하게 솟는 것을 보았다. 만새기들은 날치가 나는 아래쪽에서 물을 가르다가 날치가 떨어지면 물속에서 재빠르게 돌진할 것이다.

'만새기 떼가 크구나. 만새기들은 넓게 퍼져 있고 날치는 가망이 거의 없네. 새에게도 기회가 없겠어. 새가 잡기엔 날치가 너무 크고 또 너무 빨라.'

날치가 몇 번이고 솟아오르고 새는 연거푸 소용없는 날갯짓을 하는 것이 보였다.

'만새기 떼는 멀어졌네. 너무 빠르게 멀리까지 가버려. 하지만 무리에서 벗어난 놈을 잡을 수도 있을 거야. 어쩌면 내가 잡을 큰 놈이 그 주변에 있을지도 몰라. 큰 놈이 반드시 어딘가 있을 거야.'

노인은 생각했다.

육지 위로 구름이 산처럼 부풀어 올랐고 해안선은 청회색 언덕을 뒤로한 채 기다란 초록빛 선으로만 보였다. 짙푸른 물은 거의 자줏빛이나 다름없을 정도로 어두웠다. 어두운 물속에는 빨갛게 풀풀 날리듯 떠다니는 플랑크톤과 해가 비쳐 만들어낸 기이한 빛이 보였다. 보이지 않는 깊은 곳까지 줄이 똑바로 내려졌는지 확인하려고 물속을 들여다보던 그는 플랑크톤이 많은 것을 보고 기분이 좋았다. 고기가 있다는 뜻이기 때문이었다. 이제 해가 더 높아진 터라, 해가 만들어낸 기이한 빛은 날씨가 좋으리라는 의미였고, 육지 위에 피어오른 구름 역시 마찬가지 뜻이었다. 하지만 새는 시야에서 거의 벗어났고 수면에는 아무것도 보이지 않았다. 오직 햇빛에 바랜 노란 모자반 덩어리와 보랏빛을 띠면서 햇빛에 따라 색이 변하는 고깔해파리의 끈적끈적한 부레 모양 공기주머니가 배 바로 옆에 떠 있을 뿐이었다. 고깔해파리는 옆으로 몸을 누였다가 다시 바로 세웠다. 거품처럼 경쾌하게 떠다니는 고깔해파리는 물속으로 치명적인 독을 뿜는 보랏빛 촉수를 1미터쯤 늘어뜨리고 있었다.

"아구아 말라(스페인어로 '나쁜 물'이라는 뜻, 붙여 쓰면 '해파리'를 뜻한다-역주)구나, 이런 음탕한 년."

노인이 말했다.

그가 노에 기대어 몸을 살짝 돌려서 물속을 들여다보니 늘어진 촉수와 같은 색의 작은 물고기들이 흘러가는 공기주머니가 드리운 조그만 그늘 밑으로 촉수들 사이를 헤엄치고 있었다. 그 물고기들은 독에 면역이 되어 있었다. 하지만 사람은 그렇지 않았고, 노인이 물고기를 낚는 동안 그 촉수들이 줄에 걸려 보랏빛으로 끈끈하게 남으면 덩굴옻나무나 옻나무처럼 독이 올라 팔과 손이 부풀고 화끈거리게 될 것이다. 하지만 아구아 말라의 독은 빠르게 퍼지고 채찍으로 맞은 것처럼 아팠다.

무지갯빛으로 변하는 거품은 아름다웠다. 그러나 그 거품은 바다에서 가장 기만적인 것으로 노인은 그들을 잡아먹는 커다란 바다거북들을 보는 것을 좋아했다. 바다거북은 고깔해파리를 보면 정면에서 접근해 눈을 감고 등딱지로 완벽하게 보호한 채 척수를 비롯해 모든 것을 먹어 치웠다. 그리고 폭풍우가 지난 뒤에 해변에서 굳은살이 박인 발뒤꿈치로 고깔해파리를 밟으며 펑 터지는 소리를 듣는 것도 좋아했다.

그는 우아하고 재빠르며 값이 매우 비싼 푸른색 바다거북과 대모거북을 좋아했다. 몸집이 거대하고 멍청한 붉은바다거북에게는 친근하면서도 하찮게 여기는 마음이 들었다. 노란 등딱지를 가지고 특이하게 짝짓기하는 붉은바다거북은 눈을 감은 채 만족스럽게 고깔해파리를 잡아먹었다.

그는 여러 해 동안 거북잡이 배를 탔지만, 거북에 대한 신비감은 없었다. 거북은 모두 가여웠다. 길이가 작은 배 한 척에 맞먹고 무게는 1톤에 이르는 거대한 장수거북조차도 그는 안쓰럽게 여겼다. 사람들은 대부분 거북에게 냉혹하다. 거북은 토막 내어 도살된 뒤에도 몇 시간이나 심장이 뛰기 때문이다. 하지만 노인은 이렇게 생각했다.

'나도 거북과 같은 심장을 가졌지. 내 손발도 거북과 마찬가지고.'

그는 힘을 얻기 위해 거북의 하얀 알을 먹었다. 9월과 10월에 정말로 큰 고기를 잡기 위해 강해지려고 5월 내내 알을 먹은 것이었다.

그는 또 어부들이 어구를 보관하는 오두막에서 큰 드럼통에 든 상어 간유도 매일 한 잔씩 마셨다. 누구라도 마실 수 있도록 그곳에 둔 것이었다. 대부분은 그 맛을 질색했다. 하지만 어부들이 일어나는 시간에 맞춰 잠에서 깨는 것보다 끔찍한 맛은 아니었다. 게다가 감기와 독감에 특효였고, 눈에도 좋았다.

이제 노인은 위를 올려다보았다. 새가 다시 맴돌고 있었다.

"물고기를 찾았군."

그가 소리 내어 말했다. 수면을 가르는 날치도 없었고 흩어지는 미끼 물고기도 없었다. 하지만 그가 지켜보는 동안 작은 다랑어가 공중으로 솟구치더니 몸을 돌려 대가리부터 물속으로 들어갔다. 다랑어는 햇빛에 은빛으로 반짝였고 한 마리가 물속으로 들어간 뒤로 연거푸 다른 물고기가 솟아올라 사방으로 튀며 물을 휘젓고 먹잇감이 될 미끼 물고기를 따라 멀리 펄쩍 뛰어올랐다. 다랑어 떼는 미끼 물고기 주위를 맴돌며 몰아가고 있었다.

'저놈들이 너무 빠르지만 않으면 내가 끼어 들어가 봐야지.'

노인은 생각했다. 그리고 다랑어 떼가 하얗게 물거품을 일으키며 움직이고, 새가 빠르게 물로 내려와서 당황해 수면으로 올라올 수밖에 없었던 미끼 물고기를 향해 쑥 들어가는 것을 보았다.

"새가 큰 도움을 주는군."

노인이 말했다. 바로 그때 고물에 걸어두고 고리를 지어 발밑에 둔 낚싯줄이 팽팽하게 당겨졌다. 그는 노를 내려놓고 낚싯줄을 단단히 잡은 채 끌어올리기 시작하면서 작은 다랑어가 퍼덕거리며 당기는 무게를 느꼈다. 끌어당길수록 요동은 거세졌고, 물속에서 물고기의 푸른 등과 금빛 옆구리가 보이자 그는 곧바로 뱃전 위로 휙 들어 배 안으로 올렸다. 햇빛을 받으며 고물에 놓인 물고기는 총알 모양의 다부진 몸에 크고 우둔한 눈알을 말똥말똥 뜬 채, 미끈하고 민첩한 꼬리를 재게 움직여 배의 널빤지 바닥을 두드리면서 목숨을 소진했다. 노인은 호의로 대가리를 내리쳐 아직 파닥거리는 몸통을 고물 근처로 차버렸다.

"날개다랑어군. 좋은 미끼가 되겠어. 거의 오 킬로그램은 되겠는걸."

그가 소리 내어 말했다.

그는 언제부터 혼자 있을 때 소리 내어 말하기 시작했는지 기억하지 못했다. 예전에는 혼자 있을 때 노래를 불렀다. 활어조가 있는 소형 어선이나 거북잡이 배에서 밤에 혼자 키잡이를 할 때도 노래를 불렀다. 혼잣말은 아마도 사내아이가 떠나고 혼자 남았을 때부터 시작했을 것이다. 하지만 그는 기억나지 않았다. 아이와 함께 고기잡이할 때는 꼭 필요할 때만 말하곤 했다. 그들은 밤이나 악천후로 폭풍우에 갇혔을 때 이야기했다. 바다에서는 공연히 말하지 않는 것을 미덕으로 생각했고, 노인도 언제나 그렇게 생각하며 따라왔다. 하지만 이제는 거슬려 할 사람이 아무도 없으므로, 그는 생각하는 것을 입 밖으로 여러 번씩 말했다.

"다른 사람들이 내가 말하는 소리를 들으면 미쳤다고 생각하겠지. 하지만 난 미치지 않았으니 신경 쓸 것 없지. 부자들이야 배에 이야기도 해주고 야구도 중계해주는 라디오가 있잖아."

그는 큰 소리로 말했다.

'지금 야구 생각할 때가 아니지. 지금은 단 한 가지만 생각할 때라고. 난 그 한 가지를 하려고 타고났잖아. 다랑어 떼 주변에 큰 놈이 있을지도 몰라.'

그는 생각했다.

'나는 먹이를 먹다가 뒤처진 놈 하나를 건진 거야. 하지만 다랑어 떼는 빠르게 멀어지고 있어. 오늘 수면에 나타나는 녀석들은 죄다 무척 빠르게 북동쪽으로 가고 있어. 하루 중에서 그런 시간이 된 건가? 아니면 내가 모르는 어떤 날씨의 징후인가?'

이제 초록빛 해안선은 보이지 않았고, 눈으로 덮인 듯 하얗게 보이는 푸른 언덕의 꼭대기와 그 위로 높이 솟은 설산 같은 구름만 보였다. 바다는 몹시 어두웠다. 햇빛이 물속에 일곱 빛깔을 만들었다. 점점이 떠 있던 수많은 플랑크톤은 높게 뜬 해에 완전히 사라졌고, 수심 1.5킬로미터 넘는 곳까지 곧게 내려진 낚싯줄과 함께 보이는 것은 오직 푸른 물속에 비친 거대하고 짙은 무지갯빛이었다.

다랑어 떼는 다시 물속으로 내려갔다. 어부들은 다랑어류에 속하는 고기는 모조리 다랑어라고 불렀고, 물고기를 팔거나 미끼로 쓸 고기와 바꿀 때만 고유한 이름으로 구분했다. 햇볕이 뜨거워졌고 노인은 뒷덜미로 그것을 느꼈다. 노를 젓는 그의 등으로 땀이 흘러내렸다.

'그냥 배가 떠가도록 두고 잠을 자도 되겠지. 낚싯줄은 발가락에 고리를 만들어 걸면 잠에서 깰 수 있어. 하지만 오늘은 여든닷새째 날이잖아. 오늘은 고기를 잘 낚아야 해.'

노인은 생각했다.

바로 그때 낚싯줄을 살피던 그는 튀어나온 생나무 막대찌 하나가 뚜렷하게 물에 잠기는 것을 보았다.

"그래. 그렇지."

그가 말했다. 그는 배를 건드리지 않고 노를 가만히 놓았다. 그리고 오른손을 뻗어 엄지와 검지 사이에 낚싯줄을 살며시 쥐었다. 당기는 힘이나 무게가 전혀 느껴지지 않아 줄을 느슨하게 잡았다. 그러자 다시 입질이 왔다. 이번에는 세지도 않고 묵직하지도 않은 머뭇거리는 듯한 당김이었다. 그는 이것이 무엇인지 정확히 알았다. 100길 아래에서 청새치가 정어리를 먹는 것이었다. 손수 벼려 만든 낚싯바늘에 작은 다랑어를 매달고, 그 대

가리에서 툭 튀어나온 바늘의 끝과 몸통을 덮어둔 정어리들이
었다.

노인은 왼손으로 낚싯줄을 조심조심 부드럽게 잡고 막대에서
풀어냈다. 이제는 물고기가 팽팽한 장력을 느끼는 일 없이 줄을
풀어낼 수 있었다.

'이렇게 멀리까지 나왔으니 이번 달에 걸리는 큰 놈이 틀림없
어. 미끼를 물어라, 고기야. 미끼를 물어. 제발 물어.'

그는 생각했다.

'백팔십 미터 아래 캄캄하고 차가운 물에서 얼마나 싱싱한 정
어리들이냐. 너도 싱싱하겠지. 어둠 속에서 한 번 더 돌고 와서
미끼를 먹으렴.'

그는 줄이 살그머니 조심스럽게 당겨지는 것을 느꼈다. 곧이
어 더 세게 당기는 것이 느껴졌다. 분명 정어리 대가리는 바늘
에서 빼기가 더 어려웠을 것이다. 그러더니 아무런 움직임이 없
었다.

"어서."

노인이 소리 내어 말했다.

"한 바퀴 더 돌아라. 냄새만이라도 맡아봐. 좋지 않아? 지금
마음껏 먹으면 다랑어도 있어. 탄탄하고 차고 아주 감미롭단다.
망설일 것 없어, 고기야. 미끼를 먹으려무나."

그는 혹시 물고기가 오르락내리락하는지 보려고 다른 낚싯

줄도 동시에 관찰하며 엄지와 검지 사이에 줄을 쥔 채 기다렸다. 이윽고 똑같이 조심스러운 입질이 다시 왔다.

"이제 미끼를 물 거야. 부디 물게 해주소서."

노인이 소리 내어 말했다.

하지만 고기는 미끼를 물지 않고 사라졌다. 노인은 아무것도 느낄 수 없었다.

"가버렸을 리가 없어. 절대로 가버릴 수는 없다니까. 한 바퀴 돌고 오는 거야. 아마도 전에 낚싯바늘에 걸린 적이 있어서 뭔가 기억하고 있는 건지도 몰라."

그때 줄에서 약한 움직임이 느껴지자 그는 기뻐했다.

"그냥 한 바퀴 돌고 온 거였다니까. 이제 물 거야."

그가 말했다.

그는 흡족하게 부드러운 움직임을 느꼈다. 곧이어 거세고 믿을 수 없이 육중한 무언가가 느껴졌다. 바로 그 물고기의 무게였다. 그는 줄이 미끄러지듯 내려가도록 예비로 놓아둔 줄 두 뭉치에서 하나를 풀어냈다. 손가락 사이로 줄이 가볍게 미끄러져 내려가는 동안 엄지와 검지에 드는 힘은 거의 알아채기 어려웠지만, 그는 여전히 어마어마한 무게를 느낄 수 있었다.

"대단한 놈이야. 미끼를 옆으로 문 채 달아나려 하고 있어."

'그리고 돌려서 꿀꺽하겠지.'

그는 생각만 하고 말로 하지는 않았다. 좋은 일을 입에 올리면 이루어지지 않을지도 모르기 때문이었다. 그는 이 고기가 얼마나 큰지 알았다. 그리고 이 고기가 다랑어 미끼를 입에 가로로 문 채 어둠 속에서 달아나는 모습을 떠올려보았다. 그 순간 물고기가 움직임을 멈추는 것을 느꼈지만, 무게감은 여전했다. 그러다가 무게가 더 무거워지자 줄을 더 풀어주었다. 그는 엄지와 검지에 잠시 힘을 주었다. 무게는 점점 늘어났고 줄이 곧장 아래쪽으로 내려갔다.

"미끼를 물었어. 이제 실컷 먹게 둬야지."

그가 말했다.

그는 손가락 사이로 줄이 미끄러져 내려가도록 둔 채 왼손을 아래로 뻗어 예비 줄 두 뭉치의 끝을 풀고 옆줄에 준비해둔 예비 줄 두 뭉치의 고리에 단단히 이었다. 이제 그는 준비가 되었다. 지금 쓰고 있는 낚싯줄 말고도 40길 길이의 줄이 세 뭉치나 더 있었다.

"조금 더 먹어라. 제대로 먹으렴."

그가 말했다.

'바늘 끝이 심장을 파고들어 목숨을 끊어놓도록 제대로 먹어라. 순순히 올라오면 내가 작살을 꽂아주마. 좋아. 준비되었나? 실컷 먹었겠지?'

그는 생각했다.

"지금이다!"

그는 크게 말하고 양손을 세게 맞부딪히며 줄을 1미터쯤 끌어 올렸다. 그리고 체중을 중심축으로 하여 한 팔씩 번갈아 줄에 매달려가며 온 힘을 다해 연거푸 줄을 잡아챘다.

아무 일도 일어나지 않았다. 물고기는 그저 천천히 달아났고 그는 단 한 치도 들어 올리지 못했다. 노인의 낚싯줄은 견고했고 무거운 고기를 잡기 위해 만든 것이었다. 그는 등에 낚싯줄을 걸고 줄에서 물방울이 튕겨 나올 정도로 팽팽하게 당겼다. 그때 물속에서 천천히 쉿쉿, 하는 소리가 들리기 시작했다. 그는 여전히 줄을 잡은 채 가로장에 기대어 몸을 뒤로 젖히며 끌어당기는 힘에 맞섰다. 배는 느릿느릿 북서쪽을 향해 움직이기 시작했다.

물고기는 꾸준히 움직였고, 노인과 물고기는 평온한 수면을 천천히 이동해 나아갔다. 다른 미끼들이 여전히 물속에 있었지만 할 수 있는 일이 없었다.

"그 아이가 있으면 좋을 텐데. 나는 물고기 한 마리에게 끌려가고 있구나. 내가 밧줄을 매어두는 기둥이 된 셈이야. 낚싯줄을 단단히 묶어버릴 수도 있겠지. 하지만 물고기가 줄을 끊어버릴 수도 있지. 할 수 있는 한 잡아두다가 고기가 작정하고 당기면 줄을 풀어줘야 해. 아래로 내려가지 않고 옆으로 가니 천만다행이다."

노인이 말했다.

'고기가 내려가기로 하면 어떻게 해야 할지 모르겠다. 고기가 물속 깊이 잠수해 죽는다면 어떻게 해야 할지 모르겠다. 하지만 뭔가를 하겠지. 내가 할 수 있는 일은 차고 넘쳐.'

그는 등에 줄을 걸고 물속에 잠긴 줄이 기울어지는 것을 살폈다. 배는 북서쪽으로 꾸준히 움직이고 있었다.

'이렇게 하면 고기가 죽을 거야. 영원히 이렇게 갈 수는 없어.'

노인은 생각했다. 그러나 네 시간이 흐른 뒤에도 물고기는 변함없이 배를 끌며 바다로 헤엄쳐 나아가고 있었다. 노인도 여전히 등에 줄을 걸고 흔들림 없이 버텼다.

"저 녀석이 미끼에 걸린 때가 정오였어. 그런데 한 번도 본 적이 없어."

그가 말했다.

그는 고기가 걸려들기 전에 밀짚모자를 푹 눌러쓴 바람에 이마가 쓸렸다. 그 역시 목이 말랐고 줄을 흔들지 않으려고 애쓰며 무릎을 꿇고 앉아 최대한 뱃머리에 가깝게 다가가서 한 손을 뻗어 물병을 잡았다. 그는 물병을 열고 물을 조금 마셨다. 그리고 뱃머리에 기대어 쉬었다. 그는 세우지 않은 돛과 돛대에 앉아 쉬면서 생각은 하지 않고 그저 견디려고 애썼다.

문득 뒤를 돌자, 육지는 전혀 보이지 않았다.

'그렇다고 달라질 것도 없지. 나는 언제든지 아바나에서 보이는 빛을 따라갈 수 있으니. 해가 지려면 두 시간이 남았고, 어쩌면 그 전에 고기가 올라올지도 모르지. 그렇지 않으면 달이 뜰 때는 올라오겠지. 그렇지 않으면 해가 뜰 때는 올라올 테지. 쥐가 나지도 않았고 기운도 나는 것 같아. 입에 낚싯바늘이 걸린 건 그 녀석이잖아. 하지만 그렇게 당기다니 대단한 놈이야. 철사를 단단히 물고 있는 게 틀림없어. 고기를 볼 수 있으면 좋으련만. 내가 어떤 놈과 상대하는지 알도록 한 번만 볼 수 있으면 좋겠는데.'

그는 생각했다.

노인이 별을 보며 알아낸 바로는 그날 밤 내내 물고기는 진로도 방향도 절대로 변경하지 않았다. 해가 진 다음에는 날이 추웠다. 노인의 등줄기와 두 팔, 나이 든 두 다리에 흐른 땀은 차갑게 말랐다. 낮 동안에 그는 미끼 상자를 덮은 자루를 가져다 햇볕에 펼쳐놓아 말려두었다. 해가 진 뒤에는 그 자루를 목에 둘러 등에 늘어뜨리고 조심스럽게 어깨에 걸친 줄 아래로 넣었다. 자루가 낚싯줄을 받쳐줘 완충작용을 해주었다. 그는 몸을 앞으로 숙여 뱃머리에 기댈 방법을 찾아내 거의 편안함을 느낄 정도가 되었다. 그 자세는 사실 견딜 수 없는 상태에서 약간 벗어난 것에 불과했는데도 그는 거의 편안하다고 생각했다.

'나는 저 고기를 어찌할 수가 없고, 저놈도 나를 어찌할 수가 없군. 저놈이 이렇게 계속 버티는 한은 말이지.'

그는 생각했다.

한번은 그가 일어서서 뱃전 너머로 소변을 보고 별을 보며 진로를 확인했다. 그의 어깨에서 곧장 뻗어나간 낚싯줄은 물속에서 한 줄의 인광처럼 보였다. 그들은 이제 더 천천히 움직였고 아바나의 빛이 그다지 강하지 않았기에, 틀림없이 해류에 실려 동쪽으로 가는 중임을 알 수 있었다.

'만약 아바나의 빛이 보이지 않는다면 좀 더 동쪽으로 가고 있는 것이 분명하지. 고기의 진로가 그대로 갔다면 아바나의 빛이 몇 시간 동안은 더 보였을 테니까. 오늘 메이저리그 경기는 어떻게 되었는지 궁금하군. 라디오가 있으면 이 일도 근사할 텐데.'

그러다가 그는 이렇게 생각했다.

'언제든 집중해야지. 네가 하고 있는 일을 생각해야지. 어리석은 짓을 저지르면 안 돼.'

그리고 소리 내어 말했다.

"그 아이가 있으면 좋을 텐데. 나를 도와주고 이것도 보고."

'누구든 나이 들면 혼자 있어선 안 돼. 하지만 피할 길이 없어. 기운을 잃지 않으려면 다랑어가 상하기 전에 잊지 말고 먹어야 해. 명심해. 아무리 먹기 싫어도 아침에는 반드시 먹어야 한다고. 명심해.'

그는 스스로 타일렀다.

밤사이에 작은 돌고래 두 마리가 배 주변에 왔다. 돌고래가 우르릉거리며 물을 내뿜는 소리가 들렸다. 그는 수컷이 물을 뿜는 소리와 암컷이 한숨을 쉬듯 내뿜는 소리를 구분할 수 있었다.

"착한 녀석들이야. 서로 어울려 놀고 농담도 하고 사랑도 하잖아. 날치처럼 우리 형제들이지."

그가 말했다. 그러자 그에게 걸린 커다란 물고기가 안쓰럽다는 생각이 들기 시작했다.

'저 물고기는 멋지고 특이해. 저놈이 몇 살이나 먹었는지 누가 알겠어. 저렇게 힘센 고기는 물론이고 저렇게 특이하게 행동하는 고기는 만나본 적이 없어. 어쩌면 너무 현명해서 뛰어오르지 않는 걸지도 몰라. 펄쩍 뛰어오르거나 맹렬하게 밀고 나가면 나는 사달이 날 텐데. 하지만 어쩌면 전에도 여러 번 낚싯바늘에 걸린 적이 있어서 이렇게 싸워야 한다고 생각하는지도 모르지. 상대가 단 한 사람인 것도, 그 사람이 노인이라는 것도 알 수가 없을 테지. 여하간 얼마나 대단한 놈인지. 살만 실하면 시장에서 얼마나 많이 벌 수 있을까. 수컷답게 미끼를 물고, 수컷답게 낚싯줄도 끄는 데다 당황한 기색도 없이 싸우고 있어. 무슨 계획이라도 있는 건가. 아니면 나처럼 그저 간절한 건가?'

그는 한 쌍의 청새치 중에서 한 마리를 낚았던 때가 기억났다. 수컷 물고기는 언제나 암컷이 먼저 먹이를 먹게 하는데, 낚싯바늘에 걸린 암컷은 겁에 질려 절망적으로 거칠게 날뛰다가 곧 지쳐버렸다. 그리고 내내 함께 있던 수컷은 낚싯줄을 넘어 다니며 수면에서 암컷 주변을 맴돌았다. 수컷이 너무 가까이 있어서 노인은 크기나 모양이 큰 낫과 거의 비슷한 날카로운 꼬리 때문에 줄이 끊어질까 봐 걱정스러웠다. 노인은 암컷을 갈고리로 끌어 올려 가장자리가 사포처럼 거칠고 양날 칼처럼 날카로운 주둥이를 잡고 대가리 윗부분을 두드리면서 거울 뒷면처럼 색이 변할 때까지 방망이로 후려치다가 사내아이의 도움을 받아 배 안으로 들어 올렸다. 수컷은 배 옆에 계속 머물렀다. 그리고 노인이 줄을 닦고 작살을 준비하는 동안, 수컷은 배 옆에서 허공으로 높이 뛰어올라 암컷이 있는 곳을 보더니, 연보랏빛 날개 같은 가슴지느러미를 넓게 펼쳐 널찍한 연보랏빛 줄무늬를 모두 드러내며 물속 깊이 들어갔다.

'아름다운 수컷이었어. 암컷 옆에 머물러 있었지.'

노인은 이렇게 기억했다.

'고기들을 잡으며 본 중에 가장 슬픈 일이었어. 그 애도 슬퍼해서 암컷에게 용서를 빌고 곧장 목숨을 끊어줬지.'

노인은 생각했다.

"그 애가 여기 있으면 좋을 텐데."

그는 소리 내어 말했고 뱃머리의 둥근 널빤지에 기대어 자리를 잡았다. 어깨에 걸린 줄을 통해 거대한 고기의 힘이 느껴졌다. 고기는 무엇이 됐든 자신이 선택한 것을 향해 꾸준히 움직이고 있었다.

'일단 내 계략에 걸렸으니, 저놈도 한 가지를 선택할 수밖에 없었겠지.'

노인은 생각했다.

'저놈의 선택은 모든 함정과 덫과 기만이 닿지 않는 깊고 캄캄한 물속에 머무르는 것이었지. 내 선택은 모든 사람이 닿지 않는 그곳으로 놈을 찾으러 가는 것이고. 세상 모든 사람이 닿을 수 없는 곳으로. 마침내 우리는 함께 모였고 정오부터 같이 지냈지. 아무도 우리를 도와주지 않아. 우리 중 어느 쪽도.'

'어쩌면 나는 어부가 되지 말았어야 했나 봐. 하지만 난 천생 어부인데. 날이 밝으면 잊지 말고 꼭 다랑어를 먹어야 해.'

그는 생각했다.

해가 비치기 얼마쯤 전에 무언가가 뒤쪽에 있던 미끼 하나를 물었다. 그는 막대가 부러지면서 낚싯줄이 뱃전 너머로 주르륵 풀려나가는 소리를 들었다. 어둠 속에서 그는 칼집 속 칼을 빼냈고, 왼쪽 어깨로 물고기의 힘을 모두 지탱하면서 몸을 뒤로 젖혀 뱃전의 나무에 대고 줄을 잘라냈다. 그리고 가장 가까운 다른 줄을 잘라 어둠 속에서 예비 줄 뭉치의 끝자락들을 단단히 동여맸다. 그는 한 손으로 능수능란하게 움직이는 한편으로, 매듭을 꽉 조이는 동안 줄 뭉치가 움직이지 않게 한 발을 올려놓았다. 이제 예비 줄은 여섯 뭉치가 되었다. 그가 끊어낸 낚싯줄에 각각 두 뭉치, 물고기가 문 미끼가 달린 줄에도 두 뭉치가 있었고, 이 여섯 뭉치가 모두 연결되어 있었다.

'날이 밝으면 사십 길짜리 미끼도 잘라내고 남은 예비 줄 뭉치를 이어놓아야겠어. 질 좋은 카탈루냐산 낚싯줄 이백 길과 낚싯바늘, 목줄을 잃겠군. 다른 걸로 대신하면 되겠지. 하지만 다른 고기를 낚으려다가 저놈이 달아나기라도 하면 무엇으로 대신하겠어?'

그는 생각했다.

'방금 미끼를 문 물고기는 뭔지 모르겠군. 청새치나 황새치 아니면 상어일 수도 있지. 빠르게 잘라내느라 뭔지 느껴볼 겨를도 없었어.'

그는 소리 내어 말했다.

"그 아이가 있으면 좋을 텐데."

'하지만 그 아이는 없잖아. 오직 너 자신만 있단 말이야. 어둡든 아니든 지금 그 마지막 줄로 돌아가서 끊어버리고 남은 두 뭉치를 잇는 게 좋을 거야.'

그는 생각했다.

노인은 생각한 대로 했다. 어둠 속에서 일하기가 힘들었고, 한번은 고기가 갑자기 솟아오르는 바람에 얼굴을 바닥에 박으며 고꾸라져 눈 아래에 상처가 생겼다. 뺨을 타고 피가 조금 흘렀다. 하지만 턱까지 닿기 전에 응고되어 말라버렸다. 그는 다시 뱃머리로 가서 나무에 기대어 쉬었다. 자루를 조정하고 조심스럽게 줄을 움직여 어깨의 다른 부위에 걸쳐지게 했다. 그리고 어깨로 줄을 고정하면서 주의 깊게 물고기가 당기는 힘을 가늠해

보았고, 손으로는 물속에서 배가 진행하는 속도를 느껴보았다.

'왜 그렇게 갑자기 요동쳤는지 궁금하군. 거대한 언덕처럼 솟은 등에 철사가 스친 것이 분명해. 확실히 저놈은 내 등처럼 아프게 느끼지는 않을 거야. 하지만 이 배를 영원히 끌고 갈 수는 없어. 얼마나 대단하든 간에. 이제 문제가 될 만한 건 모두 정리했고 예비 줄도 넉넉해. 할 수 있는 일은 다 한 거야.'

그는 생각했다.

"물고기야, 나는 죽을 때까지 너와 함께하련다."

그가 부드러운 목소리로 말했다.

'저놈도 나와 함께하려 들겠지.'

그는 이렇게 생각하고 날이 밝기를 기다렸다. 해가 뜨기 전에는 날이 추워서 그는 나무판에 몸을 바짝 붙였다.

'저놈이 할 수 있으면 나도 할 수 있지.'

그는 생각했다.

이윽고 동이 트자, 줄이 죽 풀리더니 물속으로 들어갔다. 배는 꾸준히 움직였고 해는 노인의 오른쪽 어깨 위로 처음 떠올랐다.

"저놈이 북쪽을 향하는구나."

노인이 말했다.

'해류에 밀리면 한참 동쪽으로 가게 될 거야. 고기가 해류를 따라 방향을 돌리면 좋겠는데 말이야. 그렇게 되면 놈이 지쳐

간다는 뜻일 거야.'

그는 이렇게 생각했다.

해가 더 높이 떠올랐을 때 노인은 물고기가 지치지 않았다는 것을 깨달았다. 유리한 신호는 단 하나밖에 없었다. 낚싯줄의 기울기로 보아 물고기가 수심이 조금 덜 깊은 곳에서 헤엄치고 있다는 것이었다. 그렇다고 해서 물고기가 뛰어오르리라는 법은 없었다. 하지만 어쩌면 그럴지도 몰랐다.

"제발 뛰어오르게 해주소서. 놈을 낚아 올릴 줄은 충분하니까요."

그가 말했다.

'혹시 내가 줄을 조금 팽팽하게 당기면 아파서 뛰어오를지도 몰라. 이제 날이 밝았으니 놈이 뛰어오르게 하면 등뼈를 따라 자리한 부레에 공기를 채울 테고, 그러면 수심 깊은 곳으로 들어가 죽을 수는 없어.'

그는 줄의 장력을 높이려고 했지만, 줄은 고기가 걸린 뒤로 이미 끊어지기 직전까지 팽팽하게 당겨진 상태였다. 줄을 당기려고 몸을 뒤로 젖히자 거센 장력이 느껴져 더는 힘을 가할 수 없다는 것을 깨달았다.

'절대로 줄을 홱 잡아당기면 안 되겠어.'

그는 생각했다.

'잡아당길 때마다 바늘에 걸린 상처는 넓어질 테고 그러면 고기가 뛰어오르더라도 바늘이 내팽개쳐질 수도 있어. 어쨌든 해가 뜨니 기분이 나아졌어. 이번만은 해를 바라보지 않아도 괜찮고.'

낚싯줄에 노란 해초가 걸려 있었지만 노인은 그것이 물고기에게 짐만 더할 뿐임을 알았기에 달갑게 여겼다. 밤에 그토록 인광을 많이 만들어낸 노란 모자반류의 해초였다.

"물고기야, 나는 너를 무척 사랑하고 존경한단다. 하지만 오늘이 끝나기 전에 너를 죽여야겠다."

그가 말했다.

'그렇게 되기를 바라자꾸나.'

그가 생각했다.

작은 새 한 마리가 북쪽에서 배를 향해 다가왔다. 수면 위로 무척 낮게 나는 휘파람새였다. 새는 지친 기색이 역력해 보였다. 고물로 날아든 새는 그 자리에서 휴식을 취했다. 그러다가 노인의 머리를 맴돌더니 좀 더 편안한 낚싯줄에 앉아 쉬었다.

"몇 살이냐? 첫 여행을 나선 게냐?"

노인이 새에게 물었다. 노인이 말하자 새는 그를 바라보았다. 낚싯줄을 살필 수도 없을 정도로 지친 새는 여린 발로 줄을 꽉 움켜쥔 채 흔들거리며 서 있었다.

"탄탄한 줄이란다. 너무 탄탄하지. 밤새 바람도 없었는데 그렇게 기진맥진하면 어쩌누. 새들은 대체 왜 날아오는 게냐?"

'매들은 이런 새들을 맞이하려고 바다로 날아들겠지.'

그는 생각했다. 하지만 아무튼지 그의 말을 이해할 리 없고 머지않아 매에 대해 알게 될 이 새에게 그는 아무 말도 하지 않았다.

"푹 쉬려무나, 작은 새야. 그리고 다른 사람이나 새나 물고기처럼 들어가서 기회를 잡으렴."

그는 밤새 등이 뻣뻣하게 굳어서 몹시 아팠던 터라 말을 하니 기운이 났다.

"원한다면 내 집에서 지내렴, 새야. 미풍이 일고 있는데 돛을 올리고 너를 데려다주지 못해 미안하구나. 하지만 내겐 친구가 있단다."

그가 말했다. 바로 그때 별안간 물고기가 요동치면서 노인이 뱃머리에 나자빠졌다. 그가 몸을 지탱하면서 줄을 조금 풀어주지 않았다면 그는 배 밖으로 떨어질 뻔했다.

줄이 당겨지자 새는 날아가버렸지만, 노인은 떠나는 모습조차 보지 못했다. 그는 오른손으로 줄을 조심스럽게 만져보다가 손에서 피가 나는 것을 알아챘다.

"무언가가 저놈을 아프게 했나 보군."

그는 소리 내어 말하고 줄을 다시 끌어당겨 고기를 돌려놓을 수 있는지 확인해보았다. 하지만 줄이 끊어지기 직전까지 갔을 때 그는 줄을 꽉 붙잡고 줄이 당겨지는 힘에 맞서 뒤로 몸을 젖했다.

"너도 지금 느끼는구나, 고기야. 맙소사, 나도 그렇단다."

그가 말했다.

그는 새가 친구가 되어주면 좋을 것 같아 주위를 둘러보았지만, 이미 사라지고 없었다.

'오래 머물지 않았구나.'

노인이 생각했다.

'그런데 해안에 닿기 전까지는 네가 가는 곳이 더 험난해질 거란다. 어떻게 고기가 잠깐 한 번 당겼다고 해서 내가 상처를 입게 된 거지? 내가 몹시 어리석어지는 것이 틀림없구나. 아니면 작은 새를 보며 생각에 빠져 있었기 때문인지도 모르겠다. 이제는 내 일에 집중하고 기운이 빠지지 않도록 다랑어를 먹어야겠어.'

"그 아이가 여기 있고, 내게 소금이 좀 있으면 좋을 텐데."

그가 말했다.

왼쪽 어깨로 줄의 무게를 옮기면서 그는 조심스럽게 무릎을 꿇고 바닷물에 손을 씻었다. 그는 손을 물에 담근 채 1분이 넘도록 피가 차츰 사라져가는 모습과 손에 끊임없이 부딪히는 물살을 바라보았다.

"저놈도 속도가 많이 느려졌어."

그가 말했다.

노인은 바닷물에 손을 더 오래 담그고 싶었지만, 물고기가 또다시 갑작스럽게 요동칠까 걱정되어 몸을 일으켰다. 그는 해를 향해 손을 들어 올린 채 버티고 서 있었다. 고작 낚싯줄에 쓸리면서 살을 베었을 뿐이지만, 상처는 손에서 많이 움직이는 부위에 있었다. 분명히 이 일이 끝나기 전에 손을 써야 할 텐데, 시작도 하기 전에 손을 다치는 바람에 마음이 좋지 않았다.

"이제, 작은 다랑어를 먹어야겠다. 갈고리로 집어 여기서 편하게 먹으면 되겠어."

손이 마르자 그가 말했다.

그는 무릎을 꿇고 갈고리로 고물 아래에서 다랑어를 찾아 줄뭉치를 피해 끌어당겼다. 다시 왼쪽 어깨에 줄을 걸고 왼손과 왼팔로 지탱하면서 그는 다랑어를 갈고리에서 빼낸 다음 갈고리는 제자리에 두었다. 한 무릎을 물고기 위에 올리고 대가리 뒤쪽부터 꼬리까지 붉은 살을 길게 잘라냈다. 이렇게 잘라낸 쐐기 모양 조각을 등뼈 옆에서 배 가장자리까지 잘랐다. 여섯 조각이 만들어지자 뱃머리의 나무판에 펼쳐놓았고, 칼은 바지에 쓱쓱 닦은 후 꼬리를 들어 다랑어의 잔해를 배 밖으로 떨어뜨렸다.

"한 조각도 다 먹지 못하겠어."

그는 칼로 한 조각을 잘랐다. 낚싯줄이 한결같이 당겨지는 것이 느껴졌는데, 왼손에 쥐가 났다. 묵직한 줄을 쥔 손이 뻣뻣하게 오므라들었고 그는 넌더리를 내며 손을 보았다.

"무슨 손이 이 모양이야. 쥐가 날 테면 실컷 나라지. 집게발이 되어보시든가. 아무 소용없을 테니."

그가 말했다.

'자, 어서.'

그는 이렇게 생각하며 어두운 물속에서 줄의 기울기를 살폈다.

'지금 다랑어를 먹자. 그럼 손에도 힘이 날 거야. 손이 잘못한 건 아니야. 벌써 몇 시간째 물고기와 씨름하고 있잖아. 저놈과 영원히 이렇게 가야 할 수도 있다고. 다랑어를 지금 먹어.'

그는 한 조각을 집어 들어 입에 넣고 천천히 씹었다. 별로 비위에 거슬리지는 않았다.

'꼭꼭 씹어 먹자. 양분을 모두 섭취하자고. 라임이나 레몬 혹은 소금만 조금 있었더라면 이렇게 억지로 먹어야 할 맛은 아닐 텐데.'

"손이여, 좀 어떤가?"

그는 쥐가 나서 사후 경직에 못지않게 뻣뻣해진 손에다 대고 물었다.

"너를 위해 내가 좀 더 먹도록 하지."

그는 반 잘라둔 나머지 조각을 먹었고, 신중하게 살점을 씹으면서 껍질을 뱉어냈다.

"손이여, 어떤 것 같은가? 아직 알아보기에는 좀 이른가?"

이번에는 나누지 않은 조각을 통째로 넣고 씹었다.

'힘세고 혈기 왕성한 물고기야. 만새기 대신 다랑어를 잡았으니 운이 좋았지. 만새기는 너무 들척지근하잖아. 다랑어는 단맛은 거의 없으면서도 모든 장점을 갖췄거든.'

그는 생각했다.

'그렇지만 실제로 도움이 되지 않는 것은 의미가 없어. 소금이 있으면 좋을 텐데. 남은 고기가 햇볕에 상해버릴지 건조될지 알 수가 없군. 그러니까 배는 고프지 않더라도 다 먹는 편이 낫겠어. 저놈은 차분하게 안정되어 있군. 남은 걸 마저 먹고 나면 나도 준비가 되는 거야.'

그는 생각했다.

"손이여, 참아주게. 난 너를 위해 이걸 먹는 거야."

그가 말했다.

'물고기에게 먹이를 주면 좋을 텐데. 놈은 내 형제잖아. 하지만 난 놈을 죽여야 하고 그러려면 기운이 있어야 해.'

그는 천천히 성실하게 쐐기 모양의 고기 조각을 모두 먹었다.

그는 바지에 손을 문질러 닦으며 몸을 일으켰다.

"손이여, 이제 줄을 놓아도 되네. 그 터무니없는 짓이 멈출 때까지 내가 오른팔만으로 감당해볼 테니."

그는 왼손으로 잡고 있던 묵직한 줄에 왼발을 올려놓고 등을 잡아당기는 힘에 맞서 몸을 뒤로 젖혔다.

"쥐가 내려가도록 도와주소서. 이 물고기가 무슨 짓을 할지 저도 모르니까요."

그가 말했다.

'하지만 물고기는 침착하게 자기 계획대로 따르는 것 같더군. 그런데 놈의 계획이 뭐지? 그리고 내 계획은? 워낙 덩치가 큰 물고기라서 내 계획은 놈의 계획에 즉흥적으로 대처해 만들 수밖에 없어. 놈이 뛰어오르기만 한다면 나는 죽일 수 있어. 하지만 영원히 물속에 머물고 있잖아. 그럼 나도 놈과 함께 영원히 머무르겠어.'

그는 쥐가 난 손을 바지에 문지르며 손가락을 부드럽게 해보려 했다. 하지만 손은 좀처럼 펴지지 않았다.

'햇볕을 쬐면 풀어질지도 몰라. 기운 넘치는 다랑어의 날고기가 모두 소화되면 펴질지도 몰라. 손을 써야 한다면 어떤 대가를 치르든지 펴고 말겠어. 하지만 지금 억지로 펴고 싶지는 않아. 저절로 펴져서 자연히 돌아오게 두자. 어쨌든 간밤에 낚싯줄 여러 개를 끊고 풀고 하느라 손을 혹사하긴 했잖아.'

그는 바다 건너를 바라보다가 지금 자신이 얼마나 외따로 있는지 깨달았다. 하지만 그에게는 깊고 짙은 바닷물에 비친 일곱 빛깔과 앞으로 뻗은 낚싯줄, 잔잔하면서도 낯설게 파동치는 물결이 보였다. 무역풍이 불면서 구름이 쌓였고 앞을 내다보니 수면 위 하늘을 배경으로 뚜렷이 모습을 드러냈다가 이내 흐려지고 다시 뚜렷해지는 물오리들이 비행하고 있었다. 그는 바다에서는 누구도 혼자일 수 없다는 것을 알았다.

그는 작은 배를 타고 육지가 보이지 않는 곳으로 가기를 두려워하는 사람들을 떠올렸다. 갑작스럽게 악천후가 닥치는 달에는 그럴 만도 했다. 하지만 지금은 허리케인이 부는 달이었고, 허리케인만 없다면 그런 때가 1년 중 날씨가 가장 좋은 달이었다.

'허리케인이 불 때면 언제든지 며칠 앞서서 하늘에 조짐이 보이지. 바다에 있으면 볼 수 있어. 육상에서는 볼 수가 없어. 그건 거기서 사람들이 무엇을 찾아봐야 할지 모르기 때문이야.'

그는 생각했다.

'육지에서도 구름의 형태가 달라져. 하지만 지금은 다가오는 허리케인이 없다.'

그는 하늘을 바라보다가 아이스크림처럼 친근하게 쌓여 있는 하얀 적운을 발견했다. 그 위로는 높은 9월 하늘을 배경으로 가느다란 깃털 같은 권운이 있었다.

"동 무역풍이 살랑살랑 부네. 고기야, 너보다는 나에게 더 좋은 날씨란다."

그가 말했다.

그의 왼손은 여전히 쥐가 올라 있었지만, 천천히 근육을 풀고 있었다.

'난 쥐 나는 건 질색이야. 그것은 자신의 몸에 대한 배반이다.

식중독에 걸려 다른 사람들 앞에서 설사하거나 구토하는 건 창피한 일이지. 하지만 쥐가 나는 건 특히 혼자 있을 때 창피한 일이야.'

그는 '쥐'를 '칼람브레calambre(스페인어로 경련, 쥐를 뜻한다-역주)'라는 말로 떠올렸다.

'그 애가 여기 있으면 팔뚝부터 주물러 풀리게 해주었을 텐데. 하지만 결국 풀리긴 하겠지.'

그는 생각했다.

그때 오른손에서 낚싯줄을 당기는 힘에 변화가 느껴지더니 곧이어 물속에 내려진 줄의 기울기도 달라진 것이 보였다. 그는 줄에 바싹 붙어 몸을 기울이고 왼손을 허벅지에 빠르고 강하게 내리치는 사이, 줄이 천천히 위로 비스듬하게 올라오는 것이 보였다.

"놈이 올라오고 있어. 손이여, 제발 빨리 돌아와다오."

그가 말했다.

낚싯줄은 천천히 그리고 꾸준히 올라왔고, 이윽고 배 앞에서 수면이 불쑥 올라오더니 물고기가 나타났다. 물고기는 끝도 없이 솟아올랐고 양옆으로 물이 쏟아져내렸다. 햇살을 받아 반짝반짝 빛나는 물고기의 대가리와 등은 짙은 자줏빛이었다. 양쪽 옆구리에는 밝은 연보랏빛의 줄무늬가 햇빛에 넓찍하게 드러났다. 주둥이는 야구방망이만큼 길었고 양날 칼처럼 폭이 점점

줄어들었다. 수면에서 솟구쳐 온몸을 드러낸 물고기는 다이빙선수처럼 매끄럽게 다시 물속으로 들어갔다. 노인은 큰 낫의 날처럼 생긴 꼬리가 물속으로 들어가는 것을 보았다. 곧 낚싯줄은 질주하듯 풀리기 시작했다.

"배보다도 육십 센티미터는 더 길군."

노인이 말했다. 줄은 빠르지만, 안정적으로 풀려나갔고 물고기는 겁에 질리지 않았다. 노인은 두 손으로 줄을 잡고 끊어지지 않을 정도로 힘을 유지하려고 애썼다. 그는 일정한 압력으로 속도를 늦추지 못하면 물고기는 줄을 모두 풀어 가서 결국은 끊어버릴 것임을 알았다.

'놈은 거대한 고기야. 놈이 수긍하게 만들어야 해. 놈이 자신의 힘을 깨닫지 못하고, 도망치면 무엇을 할 수 있는지 알지 못하도록 해야 해. 내가 놈이었다면 지금 모든 걸 다 바쳐서 뭐라도 끊어질 때까지 계속해볼 텐데. 하지만 천만다행으로 물고기들을 잡는 우리만큼 영리하지는 못하구나. 더 웅장하고 더 능력이 있더라도 말이야.'

노인은 거대한 물고기를 여러 차례 보아왔다. 그는 무게 450킬로그램이 넘는 물고기도 여럿 보았고, 평생에 걸쳐 그런 고기를 두 차례나 잡아보았지만, 혼자인 적은 없었다. 이제 그는 육지도 보이지 않는 곳에서 혼자 몸으로 여태껏 본 적도 없고 들어본 적도 없는 가장 큰 물고기에 단단히 매여 있었다. 게다가 그의 왼손은 아직도 독수리의 움켜쥔 발톱처럼 고부라진 채 굳어 있었다.

'그래도 풀릴 거야. 분명 풀려서 오른손을 도와줄 거야. 이 물고기와 내 두 손, 이렇게 셋은 서로 형제니까. 반드시 풀려야만 해. 쥐가 나다니 내 손에 어울리지 않는 일이야.'

그는 생각했다. 물고기는 다시 속도를 늦추어 평소처럼 움직이고 있었다.

'놈이 왜 뛰어올랐는지 궁금하네. 마치 자기가 얼마나 큰지 내게 보여주려고 솟구쳐 오른 것 같았어. 어쨌든 얼마나 큰지는 이제 잘 알지.'

노인은 생각했다.

'내가 어떤 사람인지 놈에게 보여줄 수 있으면 좋을 텐데. 하지만 그러려면 쥐가 난 내 손도 보게 되겠지. 놈이 나를 본래보다 더 남자답다고 생각하게 해야지. 그리고 난 그렇게 될 거야. 가지고 있는 그 모든 것으로 단지 내 의지와 지능에만 맞서는 저 물고기가 나라면 좋겠구나.'

그는 생각했다.

그는 편안하게 판목에 기대어 찾아드는 고통을 견뎠다. 물고기는 변함없이 헤엄쳤고 배는 천천히 검은 물을 헤쳐갔다. 동풍이 불어오자 파도가 조금 치솟았고, 정오에는 왼손도 풀렸다.

"너에겐 나쁜 소식이구나, 물고기야."

그는 이렇게 말하고 어깨를 덮은 자루 위로 걸쳐진 낚싯줄을 조금 움직였다.

그는 편안했지만 고통받고 있었다. 하지만 그는 고통을 전혀 인정하려 들지 않았다.

"난 신앙이 깊은 사람은 아니야. 그래도 이 물고기를 잡는다면 주기도문과 성모송을 열 번씩 외겠어. 그리고 이 물고기를 잡는다면 코브레의 성모님을 참배하러 간다고 맹세할게. 정말 맹세하는 거야."

그가 말했다.

그는 기계적으로 기도문을 외기 시작했다. 너무 피곤해서 기도문이 기억나지 않을 때도 있지만 그럴 때는 빠른 속도로 말해 자동으로 튀어나오게 했다.

'주기도문보다는 성모송이 더 외기 쉽네.'

그는 이렇게 생각했다.

"은총이 가득하신 마리아님, 기뻐하소서. 주님께서 함께 계시니 여인 중에 복되시며 태중의 아들 예수님 또한 복되시나이다. 천주의 성모 마리아님, 이제와 저희 죽을 때에 저희 죄인을 위하여 빌어주소서. 아멘."

그리고 그는 이렇게 덧붙였다.

"성모 마리아님, 이 물고기가 죽음을 맞도록 빌어주소서. 비록 훌륭한 놈이긴 합니다만."

기도문을 외고 나니 기분이 훨씬 나아졌지만, 전과 마찬가지이거나 어쩌면 조금 더 많이 고통받으면서 그는 뱃머리에 기대어 기계적으로 왼손 손가락을 움직이기 시작했다.

바람이 살랑살랑 일었지만 해는 이제 뜨거웠다.

"짧은 줄에 다시 미끼를 걸어 고물 너머로 내리는 게 좋겠어. 물고기가 하룻밤 더 지내기로 작정하면 나는 다시 끼니를 먹어야 할 테고 물은 병에 조금밖에 남지 않았어. 여기서는 만새기 외에 다른 건 잡히지 않는 것 같아. 하지만 싱싱한 놈으로 먹으면 나쁘지 않을 거야. 오늘은 날치가 배로 날아와주면 좋겠네. 하지만 날치를 꾈 만한 불빛이 없어. 날치는 날것으로 먹는 게 제격인 데다 칼로 토막 내지 않아도 돼. 이제 모든 힘을 아껴둬야겠어. 맙소사, 나는 놈이 그렇게 큰지 몰랐어."

그가 말했다.

"그래도 죽여야지. 그 모든 위대함과 영광을 누리는 가운데 죽게 될 거야."

'부당한 일이긴 하지. 하지만 사람이 무엇을 할 수 있는지 무엇을 견뎌낼 수 있는지 놈에게 보여주겠어.'

그는 생각했다.

"내가 그 아이에게 나는 유별난 노인이라고 말했지."

그가 말했다.

"지금이야말로 그 말을 입증할 때야."

그가 천 번을 입증했더라도 의미가 없었다. 그는 지금 다시 증명하는 중이었다. 매 순간이 새로운 순간이었고, 이를 증명하면서 과거는 결코 생각해본 적이 없었다.

'저놈이 잠들면 나도 잠을 잘 수 있고, 사자 꿈을 꿀 수 있을 텐데.'

그가 생각했다.

'그런데 왜 사자들이 중요하게 남은 것일까? 생각하지 마, 늙은이. 아무 생각도 하지 말고 판목에 슬슬 기대서 쉬라고. 놈은 움직이고 있어. 그러니까 너는 가능하면 적게 움직여야지.'

그가 스스로 타일렀다.

오후에 들어서는데도 배는 천천히 꾸준하게 움직이고 있었다. 하지만 이제는 동쪽에서 미풍이 불어와 저항이 더해졌고 노인은 비교적 완만한 파도를 가볍게 헤치며 나아갔다. 등에 걸친 줄 때문에 느끼는 통증도 한결 수월해졌다.

오후가 되자 줄이 다시 떠오르기 시작했다. 하지만 물고기는 수심만 약간 높여서 계속 헤엄쳤다. 해는 노인의 왼쪽 팔과 어깨 그리고 등에 비쳤다. 그 덕분에 물고기가 북동쪽으로 방향을 돌린 것을 알 수 있었다.

이제 물고기를 한 번 보았으니, 그는 자줏빛 가슴지느러미를 날개처럼 활짝 펴고, 똑바로 선 커다란 꼬리로 어둠을 가르며 물속에서 헤엄치는 모습을 상상할 수 있었다.

'깊은 물속에서는 얼마나 많이 보이는지 궁금하네. 놈은 눈이 아주 크던데, 말은 눈이 훨씬 작은데도 어둠 속에서 잘 볼 수 있잖아. 한때는 나도 어두운 곳에서 제법 잘 볼 수 있었지. 완전히 캄캄한 곳은 아니었지만, 거의 고양이만큼 봤지.'

노인이 생각했다.

햇볕을 받으며 꾸준히 손가락을 움직인 덕분에 이제 왼손은 완전히 풀어졌다. 그는 왼손으로 힘을 옮기기 시작했다. 그리고 등 근육을 움츠려 낚싯줄이 주는 통증의 위치를 조금이라도 옮겨놓았다.

"물고기야, 아직 지치지 않았다면 너야말로 무척 유별나구나."

노인이 소리 내어 말했다.

그는 이제 매우 지쳐 있었다. 곧 밤이 된다는 걸 알았지만 다른 것들을 떠올리려고 애썼다. 그는 '그란 리가스'라는 말로 떠오르는 메이저리그를 생각했다. 그가 알기로는 뉴욕 양키스와 디트로이트 타이거스의 시합이 있었다.

'후에고Juego(스페인어로 경기, 시합을 뜻한다-역주) 결과를 알지 못한 지 이틀째로군. 하지만 자신감을 가져야지. 뒤꿈치에 뼛돌기가 생겨 통증이 있을 때도 모든 것을 완벽히 해내는 대선수 디마지오에 버금가는 사람이 되어야지. 뼛돌기가 뭐지?'

그가 자문했다.

'운 에스푸엘라 데 후에소. 우리는 그런 게 없어. 싸움닭이 다는 쇠발톱이 뒤꿈치에 박히는 것처럼 고통스러운 증상일까? 나라면 그런 고통은 견디지 못할 것 같아. 싸움닭처럼 한 눈이나 두 눈을 잃고도 계속 싸우지 못할 거야. 대단한 새나 짐승들에 견주면 사람은 별 게 아니야. 여전히 나는 저기 캄캄한 바닷속 짐승이 되고 싶어.'

"상어가 오지 않는다면 말이지. 상어가 나타나면 저놈도 나도 부디 가엾게 여겨주시기를."

그가 소리 내어 말했다.

'내가 저놈과 함께 버티는 만큼 디마지오도 버틸 수 있을까? 디마지오는 당연히 그러고도 남겠지. 젊고 강인하니까. 게다가 디마지오의 아버지는 어부였잖아. 하지만 뼈돌기 때문에 너무 아프지는 않을까?'

그는 생각했다.

"모르겠다. 난 뼈돌기가 생겨본 적이 없으니까."

그가 소리 내어 말했다.

해가 저무는 동안 그는 자신감을 더 북돋으려고 카사블랑카의 술집에서 시엔푸에고스 출신으로 부두에서 가장 세다는 대단한 흑인과 팔씨름한 때를 기억해냈다. 그들은 탁자 위 분필로 그은 선에 팔꿈치를 붙이고 팔뚝을 똑바로 세워 손을 꽉 잡은 채 하룻낮과 하룻밤을 꼬박 보냈다. 각자 상대의 손을 탁자로 꺾어 내리려고 안간힘을 썼다. 내기돈이 많이 걸렸고, 등유 램프가 밝혀진 방에는 사람들이 들락날락했다. 그는 흑인의 팔과 손, 얼굴을 바라보았다. 심판이 잠을 잘 수 있도록 처음 여덟 시간이 지난 뒤로는 네 시간마다 교체되었다. 두 사람의 손톱 밑에서는 피가 배어 나왔다. 그들은 서로 눈을 들여다보며 팔과 팔뚝에 시선을 주었다. 내기를 건 사람들은 방을 들락거리며 벽을 따라 놓인 높은 의자에 앉아 구경했다. 밝은 파랑으로 칠해진 목재 벽에는 램프 불빛에 비친 그들의 그림자가 나타났다. 큼직한 흑인의 그림자는 바람에 램프가 일렁일 때마다 벽에서 움직였다.

배당률은 밤새도록 엎치락뒤치락했다. 사람들은 흑인에게 럼주를 주었고 그에게는 불붙인 담배를 주었다.

이윽고 럼주를 마신 흑인이 어마어마한 힘을 쏟아 노인을 한 번에 8센티미터 가까이 기울어지게 했다. 노인은 당시에 노인이 아니라 산티아고 '엘 캄페온'(스페인어로 챔피언이라는 뜻이다-역주)이었다. 하지만 노인은 다시 손을 들어 올려 똑같이 균형을 이루었다. 그는 그때 좋은 사람이자 대단한 운동선수인 그 흑인을 이겼다고 확신했다. 그리고 날이 밝으면서 내기를 건 사람들이 무승부를 선언하자고 제안하고 심판이 고개를 절레절레 저을 무렵, 그는 온 힘을 쏟아 흑인의 손이 탁자에 닿을 때까지 내리눌렀다. 일요일 아침에 시작한 시합은 월요일 아침에야 끝이 났다. 내기를 건 사람들이 무승부를 청했던 것은 상당수가 부두에 설탕 자루를 선적하러 가거나 아바나 석탄 회사에 출근해야 하기 때문이었다. 그게 아니었다면 모두가 결판을 내길 원했을 것이다. 어쨌든 사람들이 출근하러 가기 전에 그가 시합을 끝냈다.

그 후로 오랫동안 사람들은 그를 챔피언이라고 불렀고 봄에는 설욕전도 있었다. 하지만 내기돈은 많이 걸리지 않았고 첫 경기에서 시엔프에고스 출신 흑인의 자신감을 꺾어놓은 그는 두 번째 경기는 상당히 쉽게 이길 수 있었다. 경기는 몇 차례 더 이어지다가 중단되었다. 그는 자신이 간절히 원하면 누구든 이길 수 있다고 생각했다. 그리고 오른손으로 고기잡이하는 데도 좋지 않은 영향을 준다는 생각이 들었다. 왼손으로 연습 경기를 몇 번 시도해본 적도 있었다. 하지만 왼손은 언제나 그를 배신해 시키는 대로 따라주지 않았고, 그도 왼손을 믿지 않게 되었다.

'이제 햇볕이 잘 데워 풀어주겠지. 밤에 너무 춥지만 않으면 다시 쥐가 나지는 않을 거야. 오늘 밤엔 어떤 일이 일어날지 궁금하군.'

그가 생각했다.

머리 위로 마이애미행 비행기가 지나갔다. 비행기가 드리운 그림자에 날치 떼가 놀라는 모습이 보였다.

"날치가 저렇게 많으니 틀림없이 만새기도 있을 거야."

그가 물고기를 조금이라도 끌어 올릴 수 있을지 보려고 다시 줄을 뒤로 당기며 말했다. 하지만 물고기는 올라오지 않았고, 곧 끊어질 것 같이 팽팽한 줄이 바르르 떨리며 물방울만 튀었다. 배가 천천히 앞으로 움직였고 그는 비행기가 보이지 않을 때까지 지켜보았다.

'비행기에 타면 정말 신기하겠어. 그렇게 높은 곳에서는 바다가 어떻게 보일지 궁금해. 너무 높게 날지 않으면 물고기도 볼 수 있을 거야. 이백 길 높이에서 아주 천천히 날면서 위에서 물고기를 내려다보고 싶어. 거북잡이 배에서는 돛대 꼭대기의 가로장에 있었는데, 그 정도 높이만 되어도 많은 것이 보였어. 만새기는 거기서 볼 때 더 초록빛이 났어. 줄무늬와 자줏빛 반점도 보이고 헤엄쳐 가는 물고기 떼도 모두 다 볼 수 있어. 왜 어두운 해류에서 빠르게 움직이는 물고기들은 모두 자줏빛 등에 자줏빛 줄무늬나 반점이 있는 걸까? 물론 만새기는 실제로 황금빛이라 초록색으로 보이겠지. 하지만 만새기가 정말 배가 고파서 먹잇감을 찾을 때는 청새치처럼 양쪽 옆구리에 자줏빛 줄무늬가 나타나잖아. 화가 나거나 속도가 매우 빨라지면 줄무늬가 나타나는 건가?'

그는 생각했다.

날이 어두워지기 직전에 그들은 모자반류 해초가 커다란 섬처럼 들썩거리며 흔들리는 옆을 지나갔다. 마치 노란 담요 아래에서 바다가 무언가와 사랑을 나누는 모습 같았다. 그의 작은 낚싯줄은 만새기가 물었다. 그가 처음 발견했을 때는 공중으로 떠오른 만새기가 마지막 햇살에 황금빛으로 반짝이면서, 허공에서 몸을 구부렸다 뒤집었다 하며 제멋대로 펄떡이고 있었다. 만새기는 겁에 질려 곡예를 하듯이 연거푸 뛰어올랐다. 그는 고물로 돌아가 몸을 웅크린 채 오른쪽 팔과 손으로 큰 줄을 잡고, 왼손으로 만새기를 끌어당겼다. 줄을 당겨 올릴 때마다 아무것도 신지 않은 왼발로 밟아가며 고정했다. 만새기가 고물에 이르러 필사적으로 이리저리 몸부림칠 때 노인은 고물 위로 몸을 숙여 자줏빛 반점을 가진 반짝이는 금빛 물고기를 들어 올렸다. 만새기는 낚싯바늘을 향해 발작적으로 주둥이를 빠르게 벌렸고 길고 납작한 몸통과 꼬리와 대가리로는 배의 바닥을 철썩철썩 내리쳤다. 마침내 그가 반짝이는 황금빛 대가리를 몽둥이로 치자 만새기는 부르르 몸을 떨다가 곧 멈추었다.

노인은 만새기를 갈고리에서 뺀 뒤 줄에 다른 정어리를 걸고 배 너머로 던졌다. 그리고 천천히 뱃머리로 돌아갔다. 그는 왼손을 씻고 바지에 문질러 닦은 다음 묵직한 줄을 오른손에서 왼손으로 옮기고, 다시 바닷물에 오른손을 담가 씻어내며 해가 바닷속으로 가라앉는 모습을 지켜보았고 큰 낚싯줄의 기울기도 살폈다.

"저놈은 전혀 변화가 없군."

그가 말했다. 하지만 손에 와닿는 물결을 지켜보면서 그는 속도가 눈에 띄게 느려졌다는 것을 알 수 있었다.

"고물에 노 두 개를 다 묶어놔야겠어. 그러면 밤에 놈의 속도를 늦출 수 있겠지."

그가 말했다.

"저놈은 밤에도 끄떡없을 테고 나도 마찬가지야."

'만새기 피가 살에서 빠지지 않게 내장을 조금 나중에 손질하는 게 좋겠어. 그건 조금 후에 하고, 동시에 노를 묶어서 저항이 생기게 해야겠어. 지금은 물고기를 조용히 두고 해 질 녘에 너무 괴롭히지 않는 편이 낫지. 해가 질 때는 모든 물고기가 힘들어하니까.'

그가 생각했다. 그는 허공에 손을 말리고, 낚싯줄을 잡은 채 할 수 있는 한 편하게 판목에 기대어 몸이 앞쪽으로 끌어당겨지도록 두었다. 이렇게 하면 배는 그가 받는 만큼 혹은 그 이상으로 잡아당기는 힘을 받을 수 있었다.

'나는 요령을 배우고 있지. 어쨌든 이 부분에 관해서는 배우는 거야. 그런데 저놈도 미끼를 문 뒤로는 아무것도 먹지 않았어. 덩치가 큰 만큼 먹이도 많이 필요할 텐데. 나는 다랑어 한 마리를 통째로 먹었잖아. 내일은 만새기를 먹어야지.'

그는 만새기를 '도라도dorado(스페인어로 '황금색의', '만새기'를 뜻한다-역주)'라고 불렀다.

'어쩌면 내장을 뺄 때 조금 먹어야 할지도 모르겠군. 다랑어보다 먹기 힘들 거야. 하긴 쉬운 건 아무것도 없으니까.'

"기분이 어떠냐, 물고기야?"

그가 소리 내어 물었다.

"난 기분이 괜찮구나. 왼손도 나아졌고 하룻밤과 하룻낮을 지낼 음식도 있지. 배를 끌어보렴, 물고기야."

그는 사실 정말로 괜찮지는 않았다. 등에 걸린 줄이 주는 통증은 거의 아픈 상태를 지나서 무감각해진 지경이 아닌지 의심스러운 정도였기 때문이다.

'그래도 그보다 더한 일도 겪었잖아.'

그는 생각했다.

'손은 대수롭지 않은 찰과상을 입은 것이고 다른 쪽 손도 쥐가 풀렸어. 양다리는 멀쩡하고. 그리고 목숨을 부지할 식량 문제에서는 내가 저놈보다 더 유리하지.'

9월에는 해가 떨어지고 나면 순식간에 어두워지는 탓에 이미 날은 캄캄했다. 그는 뱃머리의 닳은 판목에 기대어 할 수 있는 한 편하게 쉬었다. 첫 별들이 떴다. 그는 리겔(오리온자리를 이루는 베타별-역주)이라는 이름은 알지 못했지만, 보자마자 다른 별들도 곧 나타날 것임을 알았다. 그는 멀리 있는 친구들을 모두 만나게 될 것이다.

"저 물고기도 내 친구지. 저런 물고기는 본 적도 들은 적도 없어. 하지만 내가 죽여야만 해. 우리가 별들을 죽이려 하지 않아도 되는 게 천만다행이야."

그가 소리 내어 말했다.

'사람이 날마다 달을 죽이려고 해야 한다고 생각해봐. 달은 달아나겠지. 하지만 사람이 날마다 해를 죽여야 한다면? 그러지 않아도 되니, 우리는 운 좋게 태어난 거야.'

그가 생각했다.

그는 먹이도 못 먹는 커다란 물고기가 안쓰러워졌다. 하지만 가엾게 여긴다고 해서 물고기를 죽이겠다는 결심이 느슨해진 것은 아니었다.

'저 물고기를 잡으면 얼마나 많은 사람을 먹일 수 있겠어? 그런데 그 사람들이 저놈을 먹을 만한 자격이 있을까? 없지. 당연히 없어. 저렇게 행동하고 위엄을 풍기는 물고기를 먹을 자격은 누구에게도 없어.'

그는 생각했다.

'이런 일들은 이해가 잘 안 되네. 어쨌든 우리가 해나 달이나 별을 죽이려 들지 않아도 된다는 건 잘된 일이야. 바다에 살면서 우리의 진정한 형제들을 죽이는 것만으로도 충분하니까.'

그가 생각했다.

'이제는 항력에 관해서 궁리해봐야 해. 위험성도 있고 장점도 있거든. 만약 저놈이 도망가려고 애쓰고 노를 묶어서 생긴 항력이 작용해 배가 기민하게 움직이지 못하면 줄을 너무 많이 풀어내다가 저놈을 놓쳐버릴 수도 있어. 배가 가볍게 움직이면 우리

둘 다 더 오랫동안 고통받겠지만 나로선 안전하지. 아직 전속력으로 헤엄친 적도 없으니, 엄청나게 빠를 테니까. 무슨 일이 생기든 일단 만새기가 상하기 전에 내장을 손질하고, 기운을 내려면 좀 먹기도 해야지.'

'이제 한 시간쯤 더 쉬다가 저놈이 한결같은지 감지해보고 고물로 돌아가 할 일을 하고 결정을 내려야겠다. 그사이에 저놈이 어떻게 구는지 무슨 변화가 나타나지는 않는지 확인할 수 있어. 노를 묶어둔 건 괜찮은 책략이었어. 하지만 이제 안전을 고려할 때가 되었어. 저놈은 여전히 대단한 물고기야. 낚싯바늘이 입가에 걸려서 입을 꽉 다물고 있는 것을 내가 봤는데. 낚싯바늘 같은 형벌은 아무것도 아니야. 굶주림에 시달리면서, 자기가 이해하지 못하는 어떤 것과 맞서고 있는 것이야말로 가장 중요한 거야. 늙은이는 이제 쉬어야지. 다음 임무가 생길 때까지 저놈은 놔두자고.'

그는 추측건대 두 시간 정도 쉰 것 같았다. 늦게까지 달이 뜨지 않아서 시간을 가늠할 길이 없었다. 게다가 비교적 편하게 있었던 것이지, 진정으로 휴식을 취한 건 아니었다. 어깨에는 여전히 물고기가 당기는 줄이 걸려 있었다. 하지만 그는 왼손을 이물(배의 앞부분-역주) 쪽 배 가장자리에 얹어놓고 물고기에 대한 저항력을 점점 더 배 자체에 옮겨놓고 있었다.

'낚싯줄을 단단히 묶어놓을 수만 있으면 아주 간단한 일이 될 텐데. 하지만 저놈이 대수롭지 않게 한 번 요동치는 것만으로도 줄이 끊어질 수 있어. 줄을 당기는 힘을 내 몸으로 버텨내면서 언제든지 양손으로 줄을 풀어낼 채비를 하고 있어야 해.'

그는 생각했다.

"하지만 아직 잠도 못 잤잖아, 늙은이. 벌써 반나절과 하룻밤하고도 또 하루가 지나도록 한숨도 안 잤어. 저놈이 동요 없이 잠잠하면 조금이라도 잘 방도를 마련해야만 해. 잠을 안 자면 머릿속이 흐릿해진다고."

그가 소리 내어 말했다.

'내 머리는 충분히 맑은걸. 너무 맑아. 내 형제인 별들처럼 또렷하다고. 그래도 잠은 자야지. 별도 자고 달과 해도 자고 심지어 바다도 조류가 없고 완전히 잔잔한 어떤 날에는 잠드는 때가 있잖아.'

그가 생각했다.

'잊지 말고 자야 해. 억지로라도 자도록 하고, 낚싯줄 문제에 대해서는 간단하고 확실한 방법을 마련하자. 이제 돌아가서 만새기를 손질해. 잠잘 때는 노를 묶어두고 방해물로 삼는 건 너무 위험해.'

그는 생각했다.

'자지 않고도 버틸 수 있어. 하지만 그러면 너무 위험해질 거야.'

그는 자신에게 말했다.

그는 다시 고물 쪽으로 돌아갔다. 고기를 갑자기 잡아당기는 일이 없도록 무릎과 손으로 엉금엉금 기어서 갔다.

'어쩌면 반쯤 잠든 상태인지도 몰라. 하지만 저놈이 쉬게 두고 싶지 않아. 죽을 때까지 배를 끌어야 한다고.'

그가 생각했다.

고물에서 그는 몸을 돌려 왼손으로 어깨에 걸린 낚싯줄을 잡은 채 오른손으로는 칼집에서 칼을 뺐다. 이제 별빛이 밝아서 만새기가 또렷하게 보였다. 그는 칼날을 만새기 대가리에 찔러 넣어 고물 아래에서 꺼냈다. 그는 한 발로 물고기를 밟고 재빨리 항문에서 아래턱 끝까지 길게 잘랐다. 그리고 칼을 내려놓고 오른손으로 내장을 빼낸 다음 깨끗하게 훑어내고 아가미도 싹 뜯었다.

그는 묵직하고 미끄덩거리는 만새기의 위를 갈랐다. 날치 두 마리가 들어 있었다. 아직 싱싱하고 탄탄한 상태였다. 그는 날치들을 나란히 내려놓고 내장과 아가미를 고물 너머로 버렸다. 그것들은 물속에 인광의 흔적을 남기며 가라앉았다. 만새기는 차가웠고 별빛을 받아 허연 잿빛의 비늘로 덮인 듯 보였다. 노인은 발로 대가리를 누른 채로 만새기의 한쪽 면에서 껍질을 벗겨냈다. 그리고 뒤집어서 다른 면도 마저 벗기고 대가리에서 꼬리까지 양면에서 살을 발라냈다.

그는 잔해를 배 밖으로 밀어내고 물에서 소용돌이가 이는지 확인했지만, 오직 천천히 가라앉는 잔해의 희미한 빛만 보였다. 그는 몸을 돌려 날치 두 마리를 발라낸 살집 안쪽에 올려놓고 칼을 다시 칼집에 넣었다. 그리고 천천히 뱃머리로 돌아왔다. 그의 등은 낚싯줄 무게에 눌려 구부러져 있었고 오른손에는 고기가 들려 있었다.

뱃머리에서 그는 발라낸 만새기 살 두 점을 판목에 펼쳐놓았고 날치는 그 옆에 나란히 두었다. 그리고 어깨에 걸린 낚싯줄을 다른 위치로 옮기고, 뱃전 위에 얹어둔 왼손으로 다시 줄을 잡았다. 그는 배 가장자리 너머로 몸을 숙여 날치를 물에 씻으며, 손에 닿는 물결의 속도에 주의를 기울였다. 만새기 껍질을 벗겨낸 손에서 인광이 번뜩였고, 그는 손에 부딪히는 물살을 지켜보았다. 물살은 약해졌고, 손날을 배의 외판에다 문지르자, 인광을 내는 입자가 떨어져 고물 쪽으로 천천히 흘러갔다.

"저놈도 지쳤거나 쉬고 있는 게야. 이제 이 만새기를 먹고 좀 쉬다가 잠깐 눈을 붙여야지."

노인이 말했다.

별빛 아래에서 밤의 한기가 한층 더한 가운데 그는 계속해서 만새기 살점 반쪽과 대가리를 잘라내고 내장을 파낸 날치 한 마리를 먹었다.

"익혀 먹었으면 만새기가 얼마나 맛있는 생선인데. 날것으로 먹으면 끔찍하기 짝이 없구나. 배를 탈 때는 소금이나 라임을 빼놓지 말아야겠어."

그가 말했다.

'내가 머리를 좀 굴렸더라면 바닷물을 뱃머리에 뿌려두고 종일 말렸을 텐데. 그러면 소금이 생겼을 거야.'

그는 생각했다.

'하지만 해 질 무렵까지 만새기는 걸리지 않았잖아. 그래도 준비가 부족했어. 어쨌든 다 잘 씹어 삼켰고 구역질도 안 나잖아.'

하늘에는 동쪽으로 구름이 몰려들면서 그가 아는 별들이 하나씩 사라져갔다. 그는 마치 거대한 구름 협곡으로 들어가는 듯했고, 바람은 잦아들었다.

"사나흘 있으면 날씨가 나빠지겠어. 하지만 오늘내일은 아니야. 저놈이 잠잠할 때 잠잘 채비를 하라고, 늙은이야."

그는 오른손으로 낚싯줄을 꽉 붙잡고, 그 손을 허벅지로 누른 다음, 뱃머리의 판목에 체중을 모두 실어 몸을 숙였다. 그리고 어깨에 걸린 줄을 조금 낮추어 왼손으로 떠받쳤다.

'이렇게 보강이 되어 있으니 오른손이 줄을 잡고 있을 거야. 자는 중에 느슨해지면 줄이 빠져나갈 테니 왼손이 나를 깨우겠지. 오른손에 무리가 가겠어. 하지만 오른손은 혹사당하는 데 익숙하지. 이삼십 분만 잔다고 해도 충분해.'

그는 앞으로 웅크려 체중을 모두 오른손에 실은 채 온몸을 줄에 바짝 붙이고 잠들었다.

그는 사자가 아니라 13킬로미터에서 16킬로미터 정도에 걸쳐 흩어져 있는 어마어마한 돌고래 떼 꿈을 꾸었다. 마침 짝짓기 하는 시기라 돌고래들은 공중으로 높이 뛰어올랐다가 수면에서 나올 때 만들어진 구멍으로 다시 들어갔다.

그리고 마을에서 자신의 잠자리에 있는 꿈도 꾸었다. 거센 북풍이 불어와 몹시 추웠고, 베개 대신 오른팔에 머리를 얹고 잔 탓에 팔이 저렸다.

그 뒤에는 노란빛으로 길게 이어진 해변이 등장하는 꿈을 꾸기 시작했다. 이른 어스름에 무리에서 첫 번째 사자가 해변으로 내려왔고 다른 사자들도 뒤따라왔다. 바다 쪽으로 산들바람이 부는 가운데, 그는 닻을 내린 뱃머리 판목에 턱을 괴고서 사자가 더 나타나는지 보려고 기분 좋게 기다리고 있었다.

달이 뜬 지 오래였지만 그는 계속 잠을 잤다. 물고기는 꾸준히 줄을 끌어당겨 배가 구름 터널로 들어가고 있었다.

그는 오른손 주먹이 얼굴을 홱 올려 치면서 오른손이 화끈거리도록 빠르게 줄이 빠져나가는 바람에 잠에서 깨어났다. 왼손에는 감각이 없었고, 오른손으로 있는 힘껏 줄을 멈추려 했지만 줄은 빠르게 빠져나갔다. 결국 왼손으로 줄을 찾아 잡았고 그는 몸을 뒤로 젖혀 버티려고 했다. 이제 등과 왼손이 모두 줄 때문에 화끈거렸다. 왼손은 모든 힘을 감당하느라 심하게 찢어졌다.

줄 뭉치를 돌아보니, 예비 줄도 술술 풀려나가고 있었다. 바로 그때 바다에서 물고기가 폭발하듯 솟구쳐 올랐다가 묵직하게 떨어졌다. 물고기는 연거푸 뛰어올랐고 배는 빠르게 움직였다. 줄은 여전히 질주하듯 풀려나갔고 노인은 줄이 끊어지기 직전까지 몇 번이고 힘을 더해가며 잡아당겼다. 그는 뱃머리로 바짝 끌어 당겨진 채 얼굴은 잘라둔 만새기 살점에 처박혀 움직일 수가 없었다.

'우린 바로 이런 걸 기다려왔던 거야. 그럼 이제 한번 해보자고. 줄값은 치르게 해야지. 저놈이 줄값을 치르게 만들겠어.'

그는 생각했다.

물고기가 뛰어오르는 모습은 보이지 않았다. 다만 물이 갈라지는 소리와 묵직하게 떨어지는 첨벙 소리만 들렸다. 줄이 빠르게 풀려나가는 탓에 그는 손이 심하게 쓸렸다. 하지만 진작부터 이런 일이 일어날 것을 알고 있었기에, 줄이 손바닥에서 미끄러지거나 손가락을 베지 않도록 하면서 굳은살이 박인 부분만 쓸고 가도록 애썼다.

'그 아이가 여기 있으면 줄 뭉치에 물을 적셔주었을 텐데. 그래. 그 애가 여기 있었더라면. 그 애가 여기 있었더라면.'

그는 생각했다.

낚싯줄은 거듭 풀려나갔지만 이제 속도는 느려져서, 그는 물고기가 줄을 한 치라도 쉽게 당겨 가지 못하도록 했다. 이제 그

는 판목에서 고개를 들어 뺨에 짓눌린 고깃점에서 얼굴을 떼어
냈다. 그런 다음 그는 무릎을 꿇고 앉았다가 천천히 몸을 일으
켰다. 줄을 내어주고 있었지만, 꾸준히 속도를 늦춰갔다. 그는
보이지는 않지만, 발로 건드려보며 예비 줄 뭉치가 있는 곳으
로 돌아갔다. 아직 줄은 넉넉했고 이제 물고기는 새로 풀려나간
그 모든 줄에 걸리는 마찰까지 받아내며 물속에서 줄을 당겨야
했다.

'됐어.'

그는 생각했다.

'이제 열두 번도 넘게 뛰어오르면서 등줄기에 붙은 부레에 공
기를 채웠으니 내가 끌어올릴 수 없게 깊은 곳까지 내려가 죽을
수는 없을 거야. 곧 주변을 맴돌기 시작할 거고 그때 내가 처리
해야 해. 왜 별안간 그렇게 뛰어오른 걸까? 배가 고파서 절박해
진 걸까? 아니면 밤에 뭔가에 겁을 먹은 걸까? 갑자기 두려움을
느꼈을지도 모르지. 하지만 그렇게 침착하고 강한 물고기였고,
두려움도 없이 자신감이 넘쳐 보였는데 이상하군.'

"늙은이여, 너나 두려움 없이 자신감 넘치게 굴라고. 저놈을
다시 잡고는 있지만 줄을 당기지도 못하잖아. 하지만 놈이 곧 선
회하기 시작할 거라고."

그가 말했다.

노인은 왼손과 양어깨로 물고기가 걸린 줄을 지탱하면서, 허

리를 굽혀 오른손으로 물을 퍼내어 얼굴에 붙은 만새기 살점을 뗐다. 이것 때문에 혹시나 구역질이 나서 토하고 기운이 빠질까 봐 걱정스러웠던 것이다. 얼굴이 말끔해지자 뱃전 너머로 오른손을 물속에 담가 씻었다. 그는 손을 그대로 바닷물에 담근 채 해가 뜨기 전에 비치는 여명을 바라보았다.

'저놈은 거의 동쪽에 가까운 방향으로 가고 있구나.'

그는 생각했다.

'그 말인즉슨 놈이 지쳐서 해류를 타고 간다는 뜻이군. 곧 빙글빙글 돌 수밖에 없을 거야. 그때가 되면 우리의 진짜 과업이 시작되는 거지.'

오른손을 물에 충분히 오랫동안 담가두었다는 판단이 들자 그는 손을 물에서 빼 살펴보았다.

"나쁘지 않아. 사내에게 통증 정도는 아무것도 아니지."

그가 말했다.

그는 새로 생긴 상처에 닿지 않도록 낚싯줄을 조심스럽게 쥐고 무게 중심을 옮겨 반대편 뱃전 너머로 왼손을 바닷물에 담갔다.

"쓸모없는 일치고는 그리 나쁘지 않게 해주었구나."

그는 자신의 왼손에 대고 말했다.

"하지만 네가 필요할 때 찾을 수 없었던 순간도 있었어."

'왜 나는 양손 모두 솜씨 좋게 타고나지 못했을까?'

그는 생각했다.

'아마도 한 손을 제대로 훈련하지 않은 내 잘못인 것 같군. 하지만 왼손도 배울 만한 기회는 충분했다고. 그래도 밤에는 그렇게 형편없지 않았어. 쥐가 난 것도 단 한 번이었고. 왼손에 다시 쥐가 나면 낚싯줄에 베이도록 놔둬야지.'

그는 이런 생각을 하면서 자신이 정신이 맑지 않다는 것을 깨달았고, 만새기 고기를 조금 더 먹어야겠다고 생각했다.

'그래도 못 먹겠어.'

그는 자신에게 말했다.

'구역질을 하느라 기운을 빼느니 머리가 멍한 편이 나아. 게다가 내가 거기에 얼굴을 처박고 있었으니 먹고 토할 게 뻔하다고. 상하기 전까지는 비상식량으로 놔둬야겠어. 하지만 이제는 영양을 섭취해서 기운을 내기에는 너무 늦었어. 넌 어리석구나.'

그가 자신에게 말했다.

'남은 날치를 먹어.'

날치는 먹을 수 있게 손질된 채 놓여 있었다. 그는 왼손으로 날치를 집어 들고 조심스럽게 뼈째 씹으면서 꼬리까지 모두 먹어 치웠다.

'날치에는 어떤 물고기 못지않게 영양이 풍부하지.'

그는 생각했다.

'적어도 내게 필요한 힘은 주거든. 이제 내가 할 수 있는 일은

했어.'

그는 생각했다.

'저놈이 선회를 시작하게 만들어 한판 붙어보자고.'

그가 바다에 나온 뒤로 세 번째 해가 떠오를 때 물고기가 원을 그리며 돌기 시작했다.

줄의 기울기로는 물고기가 돌고 있는지 알 수 없었다. 그렇게 알아내기에는 아직 일렀다. 다만 그는 낚싯줄에 걸린 팽팽한 압력이 희미하게 느슨해지는 것을 느끼고 오른손으로 조심스럽게 당기기 시작했다. 늘 그렇듯 줄은 팽팽해졌지만, 끊어지기 직전에 이르자 다시 끌려오기 시작했다. 그는 어깨와 머리를 줄 아래로 빼내고 동요 없이 부드럽게 줄을 끌어당기기 시작했다. 그는 양손을 앞뒤로 흔들며 몸과 다리를 이용해 할 수 있는 한 줄을 많이 끌어당기려고 애썼다. 팔을 앞뒤로 흔들어 줄을 당기면서 그의 노쇠한 다리와 어깨가 빙그르르 돌아갔다.

"원을 아주 크게 그리는군. 하지만 확실히 선회하고 있어."

그가 말했다.

더는 줄이 끌려오지 않았다. 그가 붙잡은 줄에서 물방울이 햇살을 받으며 튀어 오르는 것이 보였다. 그러자 다시 줄이 풀리기 시작했고 노인은 무릎을 꿇은 채 마지못해 어두운 물속으로 줄이 풀려 들어가도록 두었다.

"지금은 가장 먼 곳에서 돌고 있어."

그가 말했다.

'있는 힘껏 줄을 잡아야 해. 잡아당길 때마다 더 작은 원을 그리며 돌게 될 거야. 어쩌면 한 시간이면 놈을 볼 수 있을지도 몰라. 이제 저놈을 굴복시켜서 죽여야 해.'

그는 생각했다.

하지만 두 시간이 지난 뒤에도 물고기는 천천히 선회했고 노인은 땀에 젖은 채 뼛속까지 지쳐 있었다. 그래도 이제 원둘레는 훨씬 짧아졌고 줄의 기울기로 보아 물고기는 헤엄치는 동안 차츰차츰 수면에 가까워지고 있다는 것을 알 수 있었다.

한 시간 동안 노인의 눈앞에는 검은 반점들이 어른거렸다. 소금기 섞인 땀이 눈에 들어가고 눈 위와 이마에 난 상처에도 흘러 따끔거렸다. 그는 검은 반점에 대해서는 걱정하지 않았다. 줄을 팽팽하게 당기고 있을 때는 평범하게 겪는 일이었다. 하지만 두 번이나 기절할 듯이 어지러움을 느낀 것은 염려스러웠다.

"이런 물고기를 앞에 둔 채 나 자신을 저버리고 죽을 순 없어."

그가 말했다.

"이제 물고기가 근사하게 나타날 테니, 부디 견딜 수 있게 도와주소서. 주기도문과 성모송을 백 번씩 외우지요. 그런데 지금은 못 해요."

'일단은 암송했다고 치자.'

그가 생각했다.

'나중에 외면 되잖아.'

바로 그때 두 손으로 잡고 있던 낚싯줄이 별안간 쾅 부딪히며 확 당겨지는 것을 느꼈다. 또렷하고 강력하면서도 묵직한 느낌이었다.

'저놈이 창 같은 주둥이로 철사 목줄을 치고 있구나.'

그가 생각했다.

'그럴 수밖에 없지. 저놈은 그렇게 할 수밖에 없어. 그러다가 펄쩍 뛰어오를 수도 있을 거야. 나는 저놈이 계속 선회하기를 바라지만. 공기를 들이마시려면 뛰어오를 수밖에 없어. 하지만 그 뒤에는 낚싯바늘에 걸린 상처 자리가 넓어져서 바늘을 빼버릴 수도 있어.'

"뛰어오르지 마, 물고기야."

그가 말했다.

"뛰어오르지 마."

물고기는 철사를 여러 번 들이박았다. 물고기가 대가리를 흔들 때마다 노인은 줄을 조금씩 내주었다.

'저놈의 통증이 더 심해지지 않도록 해야 해.'

그는 생각했다.

'내 통증은 중요하지 않아. 나는 통제할 수 있으니까. 하지만 저놈은 통증 때문에 미쳐버릴 수도 있어.'

한참 후에 물고기는 철사를 후려치는 것을 멈추었고 다시 천천히 선회를 시작했다. 노인은 이제 차츰차츰 줄을 거둬들이고 있었다. 하지만 다시 어지럼증이 일었다. 그는 왼손으로 바닷물을 조금 떠서 머리에 끼얹었다. 그리고 물을 좀 더 끼얹어 목덜미를 문질렀다.

"쥐가 나진 않았어."

그가 말했다.

"저놈은 곧 올라올 테니 난 버틸 수 있어. 버텨야만 해. 말이 필요 없지."

그는 뱃머리에 무릎을 꿇고서 잠시 등 뒤로 줄을 다시 걸쳤다.

'지금 저놈이 선회하는 사이에 좀 쉬다가, 가까이 들어오면 다시 일어나서 붙어보자.'

그는 이렇게 결정했다.

뱃머리에서 쉬면서 줄은 거둬들이지 않고 물고기만 혼자 한 바퀴 돌게 하고 싶은 마음이 굴뚝같았다. 하지만 줄의 장력이 변하면서 물고기가 배를 향해 방향을 돌린다는 사실을 알려주자, 노인은 자리에서 일어나 몸을 회전시키면서 베를 짜듯 줄을 끌어당겨 고기가 가져간 줄을 모두 거둬들였다.

'전에 없이 피곤하군. 이제 무역풍이 불고 있어. 하지만 저놈을 데려가기에는 좋겠어. 내게 꼭 필요한 바람이군.'

그는 생각했다.

"저놈이 다시 나가서 선회할 때 쉬어야겠다. 기분이 한결 나아졌어. 두세 번 더 돌고 나면 잡을 수 있겠어."

그가 말했다.

그의 밀짚모자는 뒤통수 쪽으로 한참 내려가 있었다. 줄이 당겨지면서 그는 뱃머리에 털썩 주저앉았다. 물고기가 방향을 돌리는 것이 느껴졌다.

'이제 수고하렴, 물고기야. 돌아오면 맞아줄게.'

그는 생각했다.

바람에 파도가 제법 높게 일었다. 하지만 맑은 날씨에 부는 미풍이었고, 집에 가려면 꼭 필요한 바람이었다.

"남서쪽으로 방향을 돌려야겠어."

그가 말했다.

"사내라면 절대로 바다에서 길을 잃는 일이 없지. 게다가 이곳 섬은 길쭉하니까."

그는 세 번째 선회에서 처음으로 물고기를 보았다.

처음에는 어두운 그림자로 보였다. 그런데 배 아래를 지나가는 데 너무 오래 걸려서 몸길이를 믿기 어려울 정도였다.

"아니야. 그렇게 클 리가 없어."

그가 말했다. 하지만 물고기는 정말 그렇게 컸고, 세 번째 선회를 마치자 채 30미터도 떨어지지 않은 수면에 나타났다. 노인은 물 밖으로 솟은 꼬리를 보았다. 짙푸른 물 위로 솟은 밝은 연보랏빛 꼬리는 큰 낫의 날보다 더 길었다. 꼬리는 뒤로 젖혀져 있었는데, 물고기가 수면 바로 아래에서 헤엄치자 거대한 몸집과 몸통을 둘러싼 자줏빛 줄무늬가 보였다. 등지느러미는 아래로 내려가 있었고, 거대한 가슴지느러미는 활짝 펼쳐져 있었다.

이번 선회에서 노인은 물고기의 눈알을 보았고, 주변을 헤엄치는 회색 빨판상어 두 마리도 발견했다. 빨판상어들은 때때로 이 청새치 물고기에게 착 달라붙기도 하고, 줄행랑치듯 멀어지기도 했으며, 그 그늘에서 편하게 헤엄칠 때도 있었다. 빨판상어의 몸길이는 90센티미터가 넘었고 빠르게 헤엄칠 때는 뱀장어처럼 온몸을 휘젓고 다녔다.

노인은 땀을 흘리고 있었지만, 햇볕 때문이 아니었다. 물고기가 차분하고 평온하게 한 바퀴 돌 때마다 거둬들이는 낚싯줄이 늘어났고, 그는 두 번만 더 돌면 물고기에게 작살을 꽂을 기회가 오리라고 확신했다.

'하지만 물고기를 가까이 오게 해야 해, 가까이, 가까이, 가까이. 머리를 노리면 안 돼. 심장을 노려야 해.'

그가 생각했다.

"침착하고 강해지자, 늙은이."

그가 말했다.

다음번 선회에서 물고기의 등이 드러났지만, 배에서 너무 멀리 떨어져 있었다. 그다음 선회에서도 여전히 너무 멀리 있었다. 하지만 물고기가 수면 밖으로 더 높이 올라온 덕분에 그는 줄을 조금 더 끌어당기면 배 옆으로 나란히 오리라는 확신이 들었다.

그는 벌써 한참 전에 작살을 준비해두었다. 작살에 연결된 가벼운 줄 뭉치는 둥근 바구니에 들어 있었고, 끝자락은 뱃머리의 굵은 기둥에 단단히 묶여 있었다.

물고기는 오직 커다란 꼬리만을 움직이며 평온하고 아름다운 모습으로 선회해 다가오고 있었다. 노인은 물고기를 더 가까이 끌어오려고 있는 힘껏 잡아당겼다. 순간적으로 물고기가 옆으로 기우뚱했다. 그러더니 다시 몸을 바로 세우고 새로운 원을 그리기 시작했다.

"내가 저놈을 움직였어. 내가 움직이게 한 거야."

노인이 말했다.

그는 다시 어지럼증을 느꼈지만 온 힘을 다해 거대한 물고기를 붙잡았다.

'내가 저놈을 움직였어.'

그는 생각했다.

'어쩌면 이번에는 내가 저놈을 잡을 수 있을지도 몰라. 당겨라, 두 손이여. 떠받쳐라, 다리여. 견뎌라, 머리여. 너는 한 번도 정신을 놓은 적이 없었지. 이번에는 내가 저놈을 끌어당기겠어.'

그는 생각했다.

그는 물고기가 나란히 붙기 한참 전부터 온 힘을 쏟아부어 끌어당겼지만, 물고기는 조금 기우뚱하나 싶더니 몸을 바로 세우고 헤엄쳐 멀어졌다.

"물고기야."

노인이 말했다.

"물고기야, 넌 어차피 죽을 거잖아. 나까지 꼭 죽여야겠니?"

'그런 식으로는 아무것도 이룰 수 없어.'

그는 생각했다. 그는 입이 말라서 말할 수 없었지만 당장 물을 마실 수도 없었다.

'이번에는 반드시 나란히 오게 만들겠어.'

그가 생각했다.

'더는 버틸 수가 없어. 아니야, 버틸 수 있어.'

그는 자신을 타일렀다.

'너는 영원히 버틸 수 있어.'

다음 선회에서 그는 물고기를 거의 잡을 뻔했다. 하지만 또다시 물고기는 몸을 바로 세우고 천천히 헤엄쳐 멀어졌다.

'네가 나를 죽이는구나, 물고기야.'

노인이 생각했다.

'하지만 너도 권리가 있지. 너보다 더 대단하고 아름다우며 침착하고 고귀한 것을 본 적이 없구나, 형제여. 어서 날 죽이렴. 누가 누구를 죽이든 상관없으니.'

'이제 머릿속이 혼란스러워지고 있어.'

그는 생각했다.

'정신을 똑바로 차리고 어떻게 고통을 겪어낼지 알아내야지. 사내답게, 아니면 물고기처럼 말이야.'

"머리여, 정신 차려라."

그는 거의 들리지 않는 목소리로 말했다.

"정신 차려."

물고기는 두 번 더 선회했지만, 상황은 똑같았다.

'모르겠다.'

노인은 생각했다. 그는 매번 자신이 의식을 잃는 것을 느끼고 있었다.

'난 모르겠어. 하지만 한 번 더 시도해봐야겠어.'

그는 한 번 더 시도했고 물고기의 방향을 돌려놓았을 때 다시 자신이 의식을 잃는 것을 느꼈다. 물고기는 이번에도 몸을 바로 세우고 커다란 꼬리를 허공에 휘저으며 천천히 헤엄쳐 나아갔다.

'다시 시도할 거야.'

비록 이제는 양손이 짓무르고 잠깐씩만 앞을 제대로 볼 수 있었지만, 그는 이렇게 다짐했다. 그는 다시 시도했지만 마찬가지였다.

'그러니까.'

시작도 하기 전에 그는 의식을 잃어가는 것을 느꼈다.

'다시 한번 해보겠어.'

그는 자신의 모든 고통과 남은 힘, 그리고 사라진 지 오래인 자존심을 모두 끌어다 물고기의 고통과 맞섰다. 물고기는 옆으로 다가오더니 주둥이가 배의 외판에 닿을라 말락 할 정도로 가까이에서 부드럽게 헤엄치다가 배를 지나쳐 나아가기 시작했다. 길고, 짙고, 넓고, 은빛으로 자줏빛 줄무늬가 있는 물고기는 물속에서 끝없이 이어졌다.

노인은 줄을 내려놓고 발로 밟은 다음 작살을 있는 대로 높이 치켜들어 온 힘과 방금 소환해온 더 많은 힘을 다해 물고기의 커다란 가슴지느러미 바로 뒤쪽 옆구리에 내리꽂았다. 그는 작살의 쇠가 안으로 들어가는 것을 느꼈고, 작살에 몸을 기대어 더 깊숙이 밀어 넣은 다음 체중을 모두 실어 내리눌렀다.

그러자 물고기가 죽음을 품은 채 살아나 물 밖으로 높이 솟아올라 그 대단한 몸길이와 너비 그리고 모든 힘과 아름다움을 일거에 드러내 보였다. 물고기는 작은 배를 탄 노인의 위쪽으로 마치 허공에 내걸린 것 같았다. 그러고는 물속으로 첨벙 떨어져 노인과 배 전체에 물보라를 뿌렸다.

노인은 어지럽고 메스꺼우면서 앞이 잘 보이지 않았다. 하지만 피부가 벗겨져 생살이 드러난 두 손으로 천천히 작살의 줄을 풀었다. 앞이 보이게 되자 은빛 배를 드러낸 채 뒤집힌 물고기가 눈에 들어왔다. 작살 자루는 물고기 어깨에서 비스듬히 튀어나와 있었고, 바다는 물고기 심장에서 흘러나온 피로 붉게 물들고 있었다. 처음에는 수심 1킬로미터가 훌쩍 넘는 푸른 바닷물 속 물고기 떼처럼 시커멓게 보이다가 이내 구름처럼 번져갔다. 물고기는 은빛을 띠고 파도에 실려 고요히 떠 있었다.

노인은 어렴풋이 눈에 들어온 광경을 주의 깊게 살펴보았다. 그리고 뱃머리의 굵은 기둥에 작살줄을 두 바퀴 감아놓고, 자신의 두 손에 머리를 얹었다.

"정신 차리자."

그는 뱃머리 판목에 대고 말했다.

"나는 피곤하고 지친 늙은이야. 하지만 내 형제인 이 물고기를 죽였으니 이제 궂은 일을 처리해야겠구나."

'이제는 저놈을 뱃전에 묶을 올가미와 밧줄을 준비해야겠구나.'

그가 생각했다.

'설사 두 명이 있어서 배에 물이 들어차더라도 저놈을 싣고 나서 물을 퍼낸다고 해도, 이 작은 배로는 절대로 감당할 수 없을 거야. 만반의 준비를 한 다음에 저놈을 끌어와서 잘 묶어놓고, 돛대를 세워 돛을 달고 집으로 돌아가야겠어.'

그는 물고기를 뱃전으로 끌어당겨 아가미에 줄을 넣어 주둥이로 뽑아내고 대가리가 뱃머리에 나란히 오도록 단단히 묶기 시작했다.

'이놈을 보고, 만지고, 느끼고 싶구나. 이놈은 내 재산이야.'

그는 생각했다.

'하지만 그것 때문에 만져보고 싶은 것은 아니야. 난 이놈 심장을 느꼈던 것 같아.'

그는 이렇게 생각했다.

'두 번째로 작살을 밀어 넣었을 때였어. 이제 이놈을 바짝 당겨서 잘 고정하고 꼬리에 올가미를 씌우고 몸통 가운데에도 하나 더 감싸서 배에 고정해야지.'

"어서 일하라고, 이 늙은이야."

그가 말했다. 그는 물을 아주 조금 마셨다.

"싸움이 끝나니 이제 뒤처리할 일이 많구나."

그는 하늘을 올려다보고 나서 물고기를 바라보았다. 그리고 해를 유심히 보았다.

'정오가 얼마 지나지 않았군.'

그가 생각했다.

'무역풍이 불고 있어. 낚싯줄은 이제 다 소용없지. 집에 가면 그 애랑 같이 이어 붙여야지.'

"자, 이리 오렴, 물고기야."

그가 말했다. 하지만 물고기는 오지 않았다. 그 대신 물고기는 바다에 누운 채 물속에서 뒹굴뒹굴했고, 노인은 배를 끌어 물고기 쪽으로 갔다.

노인은 뱃머리를 물고기 대가리에 바짝 붙여놓고 보면서도 물고기의 크기를 믿을 수 없었다. 하지만 그는 뱃머리의 기둥에서 작살 밧줄을 풀어 아가미 사이로 넣었다가 입 밖으로 빼내 창처럼 생긴 주둥이를 한 바퀴 감은 다음, 반대편 아가미에 꿰어내고 주둥이를 다시 한 바퀴 감아 이중으로 매듭을 짓고 뱃머리의 기둥에 단단히 동여맸다. 그는 밧줄을 자르고 꼬리에 올가미를 씌우기 위해 고물 쪽으로 갔다. 원래 자줏빛과 은빛이 나던 물고기는 이제 온전히 은빛으로 변했고, 줄무늬는 꼬리와 마찬가지로 연한 보랏빛을 드러냈다. 손가락을 쫙 편 남자의 손바닥보다도 폭이 넓은 줄무늬였다. 물고기의 눈은 잠망경에 달린 거울이나 행렬 속 성자처럼 무심해 보였다.

"물고기를 죽이려면 그 방법밖에 없었어."

노인은 말했다. 그는 물을 마신 뒤로 기분이 나아졌다. 의식을 잃을 것 같다는 느낌도 들지 않고, 머리도 맑았다.

'이대로라면 칠백 킬로그램은 족히 나가겠어. 그보다 훨씬 더 나갈지도 모르고. 그중 삼분의 이만 발라내 킬로그램당 칠십 센트에 판다면?'

그는 생각했다.

"그건 연필이 필요한데."

그가 말했다.

"내 머리가 그렇게까지 맑지는 않구나. 하지만 위대한 디마지오도 오늘은 나를 자랑스럽게 여길 거야. 난 뼈돌기는 없었지만, 양손과 등은 정말로 아팠어."

'도대체 뼈돌기가 뭔지 궁금하네.'

그는 생각했다.

'어쩌면 몰라서 그렇지 사실은 우리에게도 뼈돌기가 있을지 몰라.'

그는 물고기를 고물과 이물과 배 중앙의 옆가름대에 단단히 고정했다. 물고기가 너무 커서 훨씬 더 큰 배 한 척을 나란히 묶은 것 같았다. 그는 줄을 한 토막 잘라서 물고기의 아래턱을 주둥이에 바짝 붙여 묶어 벌어지지 않고 최대한 깔끔하게 항해할 수 있게 했다. 그런 다음 돛대를 세우고, 갈고리로 쓰는 막대와 아래 활대를 설치해 여기저기 기운 돛이 펴지자 배가 움직이기 시작했다. 고물에 반쯤 누운 채로 그는 남서쪽을 향해 항해했다.

그는 남서쪽이 어느 방향인지 알아내는 데 나침반이 필요하지 않았다. 무역풍의 낌새와 돛이 펴진 모습만으로도 충분했다.

'수분을 섭취하려면 작은 낚싯줄에 가짜 미끼라도 달아서 내놓고 뭔가 먹고 마실 것을 구해야겠어.'

하지만 가짜 미끼는 찾지 못했고 정어리도 이미 상해버렸다. 그는 배가 노란 모자반 옆을 지날 때 갈고리로 모자반 덩이를 건져 올렸다. 바닥에 대고 흔들어 털었더니 안에 들어 있던 작은 새우들이 떨어졌다. 열두 마리도 넘는 새우가 모래벼룩처럼 폴짝폴짝 튀었다. 노인은 엄지와 검지로 새우를 집어 대가리를 떼어내고 껍데기와 꼬리까지 모두 씹어 먹었다. 크기는 아주 작지만 영양이 풍부하고 맛도 좋다는 것을 노인은 잘 알았다.

물병에는 아직 두 번 마실 정도의 물이 남아 있었고, 노인은 새우를 먹은 뒤에 반의반을 마셨다. 불리한 여건을 고려하면 배는 잘 항해하고 있었다. 그는 팔을 내려서 키 손잡이를 이용해 방향을 조종했다. 그의 눈에 물고기가 들어왔다. 그는 두 손을 들여다보고 고물에 닿은 등을 느낀 뒤에야 이 상황이 꿈이 아니라 정말로 일어난 일임을 알 수 있었다. 물고기와 맞선 싸움이 거의 마지막에 이르러 너무 고통스러웠을 때, 그는 이것이 아마도 꿈일 것이라고 생각한 순간도 있었다. 그러다가 물고기가 물에서 나와 하늘에 걸린 듯 멈춰 있다가 떨어졌을 때, 그는 틀림없이 무언가 대단히 이상한 일이 일어났다고 생각하면서도 그 상황을 믿을 수가 없었다. 지금 그는 그 어느 때보다 눈이 잘 보이지만, 당시에는 앞도 잘 보이지 않았다.

이제는 물고기가 있다는 것과 손과 등이 꿈이 아니라는 것을 잘 알았다.

'손은 금방 낫지.'

그는 생각했다.

'피도 말끔히 빼냈으니 소금물이 낫게 해주겠지. 진정한 만의 짙은 바닷물이야말로 가장 훌륭한 치료사니까. 나는 정신만 똑바로 차리고 있으면 되는 거야. 내 두 손은 할 일을 다 했고 항해도 순조롭잖아. 물고기는 입을 꾹 다물고 꼬리를 오르락내리락하면서 형제처럼 잘 가고 있어.'

그때 정신이 조금 흐릿해지기 시작하면서 이런 생각이 들었다.

'저 물고기가 나를 데려가는 건가? 아니면 내가 고기를 가져가는 건가? 내가 고기를 뒤에 달아 끌고 간다면 의심의 여지가 없을 거야. 물고기가 모든 위엄이 사라진 채 배 안에 있다고 해도 의구심이 들지 않겠지.'

하지만 그들은 나란히 묶인 채 함께 항해하고 있었다. 노인은 생각했다.

'저놈이 좋다면 저놈이 나를 데려가는 셈 치자. 나는 다만 속임수를 써서 저놈보다 나은 것이고, 저놈은 내게 아무런 해도 끼치려 들지 않았으니까.'

항해는 순탄했고, 노인은 두 손을 바닷물에 담그면서 정신을 맑게 유지하려고 애썼다. 머리 위로 적운이 높이 쌓여 있었고, 그 위로는 권운이 넉넉히 떠 있어서 노인은 밤새도록 미풍이 계속되리라는 것을 알았다. 노인은 진짜인지 확인하려는 듯 거듭해서 물고기를 보았다. 그리고 한 시간 뒤에 첫 번째 상어가 그를 공격했다.

상어는 우연이 아니었다. 먹구름 같은 피가 수심 1킬로미터가 훌쩍 넘는 깊은 바다로 가라앉았다가 퍼져나가자, 물속 깊은 곳에서 올라온 것이었다. 상어는 어떤 경고도 없이 너무나 빠르게 다가와 푸른 수면을 가르고 햇살 속으로 솟았다. 그리고 다시 바다로 떨어져 냄새를 맡더니 작은 배와 물고기가 지나간 경로를 따라 헤엄치기 시작했다.

상어는 때때로 냄새를 놓치기도 했다. 하지만 다시 냄새를 맡거나 다만 흔적이라도 찾아내 빠르고 격렬하게 헤엄쳐 갔다. 몸집이 큰 그 상어는 바다에서 가장 빠른 물고기 못지않게 헤엄이 빠른 청상아리로, 주둥이 부분만 빼면 모든 곳이 아름다웠다. 등은 황새치처럼 푸른색에 배는 은빛이었으며 가죽은 매끈하고 보기 좋았다. 커다란 주둥이를 꽉 다문 채 높은 등지느러미로 흔들림 없이 물을 가르며 수면 바로 밑에서 빠르게 헤엄치는 청상아리는 그 주둥이만 제외하면 황새치와 다르지 않았다. 굳게 닫은 주둥이의 두 입술 안에는 모두 안쪽으로 비스듬히 기울어진 여덟 줄의 이빨이 있었다. 일반적인 상어의 피라미드형 이빨과는 달리 사람이 매 발톱처럼 손가락을 오므렸을 때 모양과 비슷했다. 이빨은 거의 노인의 손가락만큼 길었고, 양쪽 면이 모두 몹시 날카롭게 날이 서 있었다. 바다에 사는 물고기를 죄다 먹어 치우려고 태어난 것 같은 청상아리는 매우 빠르고 기운이 센데다 보호 장치를 잘 갖추고 있어서 다른 적수가 없었다. 더 신선한 냄새를 맡은 청상아리는 속도를 더욱 높여 푸른 등지느러미로 물살을 갈랐다.

노인은 상어가 다가오는 것을 보자마자, 뭐든 원하는 대로 하고야 마는 두려움 없는 놈이라는 것을 알았다. 그는 상어가 다가오는 것을 지켜보며 작살을 준비해 밧줄을 묶었다. 밧줄은 물고기를 고정하는 데 잘라 쓴 탓에 길이가 짧았다.

이제 노인의 머리는 완전히 맑아졌다. 그는 결의에 찼지만 희망은 거의 없었다.

'좋은 일은 오래가지 않으니까.'

그가 생각했다. 그는 상어가 다가오는 것을 지켜보면서 커다란 물고기를 한 번 보았다.

'차라리 꿈이라면 좋았을 텐데.'

그는 생각했다.

'저놈의 공격을 막을 수는 없어도 잡을 수는 있겠지. 덴투소 Dentuso(쿠바에서 크고 날카로운 이빨을 가진 상어 종을 가리키는 말로, 여기서는 청상아리를 뜻한다-역주), 재수 없는 놈아.'

그는 이렇게 생각했다.

상어는 빠르게 고물 쪽으로 다가왔다. 노인은 큰 물고기를 들이받은 상어의 벌어진 입과 기이한 눈을 보았다. 물고기의 꼬리 바로 위쪽 살을 향해 돌진하며 이빨을 딱딱거리는 소리도 들렸다. 상어 대가리가 물 밖으로 올라왔고, 등도 수면 위로 드러나고 있었다. 노인은 큰 물고기의 껍질과 살점이 뜯기는 소리가 들리는 순간, 작살을 상어의 대가리에 내리꽂았다. 두 눈을 지나는 선과 코에서 곧장 올라가는 선이 교차하는 지점을 겨냥했다. 상어에게 실제로 그런 선은 없었다. 다만 묵직하면서 뾰족한 푸른색 대가리와 커다란 눈알, 딱딱 소리를 내며 모든 것을 삼켜버리는 공격적인 주둥이가 있을 뿐이었다. 하지만 바로 그곳이 상어의 뇌가 있는 위치였고, 노인은 그 자리를 공격했다. 그는 피범벅이 된 손으로 있는 힘껏 작살을 찔렀다. 희망은 없지만, 결의에 차서 철저한 적의를 가지고 작살을 찔렀다.

상어의 몸이 휙 돌았고 노인은 상어의 눈에 생기가 없는 것을 확인했다. 바로 그때 상어가 다시 한번 몸을 뒤집으면서 스스로 밧줄을 두 바퀴 감아버렸다. 노인은 상어가 죽었음을 알았지만, 상어는 자기 죽음을 받아들이려 하지 않았다. 배를 드러낸 상어는 꼬리를 휘젓고 주둥이를 딱딱거리며 쾌속정처럼 물 위를 질주했다. 상어의 꼬리가 때린 자리마다 하얗게 물거품이 일었다. 밧줄이 팽팽하게 당겨져 파르르 떨리다가 마침내 끊어지자 상어 몸통의 4분의 3이 물 위로 드러났다. 상어는 잠시 수면 위에 조용히 누워 있었고 노인은 그 모습을 지켜보았다. 그리고 상어는 아주 천천히 가라앉았다.

"저놈이 이십 킬로그램은 뜯어 갔구나."

노인이 소리 내어 말했다.

'내 작살과 밧줄도 죄다 가져갔네. 이제 물고기에서 다시 피가 흐르니 또 다른 놈들이 나타나겠어.'

그는 이렇게 생각했다. 노인은 훼손된 큰 물고기를 더는 보고 싶지 않았다. 물고기가 공격당했을 때 그는 마치 자신이 공격받은 기분이었다.

'하지만 내 물고기를 공격한 상어는 내가 죽였잖아.'

그는 생각했다.

'게다가 그놈은 내가 본 중에 가장 큰 덴투소였어. 큰 놈들이라면 나도 많이 봤는데도 말이야. 좋은 일은 오래가지 않는 법이야.'

그는 이렇게 생각했다.

'차라리 꿈이라면 좋겠어. 물고기를 낚은 적도 없고 신문지를 깔고 혼자 자고 있는 거라면 좋겠구나.'

"하지만 인간은 패배하라고 만들어진 게 아니지."

그가 말했다.

"인간은 파괴될지언정 패배할 수는 없어."

'그래도 저 물고기를 죽인 건 미안한 일이야.'

그는 생각했다.

'이제 어려운 고비가 닥쳐올 텐데 작살마저 없다니. 덴투소는 잔인하고 능란한 데다 강하고 똑똑해. 하지만 그놈보다 내가 더 영리했잖아. 어쩌면 아닐지도 모르지. 어쩌면 그저 내 무기가 더

좋았던 것뿐일 수도 있어.'

그는 생각했다.

"생각은 그만둬, 늙은이."

그가 큰 소리로 말했다.

"이대로 항로를 따라가다가 일이 닥치면 그때 받아들이자고."

'하지만 생각해야 해. 내게 남은 거라고는 그것밖에 없다고. 그리고 야구하고. 저 위대한 디마지오라면 내가 상어 골을 찌른 걸 어떻게 생각했을까? 그렇게 대단한 건 아니었지.'

그는 생각했다.

'누구든 할 수 있는 일이야. 하지만 내 손이 뼈돌기만큼 큰 걸 림돌이었을까? 난 알 수가 없지. 헤엄치다가 가오리를 밟아서 쏘 이는 바람에 무릎 아래가 마비되고 견딜 수 없이 아팠던 걸 제 외하면 발뒤꿈치에 문제가 생긴 적은 없으니까.'

"뭔가 좀 유쾌한 생각을 하라고, 늙은이야."

그가 말했다.

"시시각각 집에 가까워지고 있잖아. 이십 킬로그램을 뜯긴 덕 분에 이제 더 가볍게 항해할 수 있지."

그는 해류 안쪽에 도달했을 때 어떤 일이 일어나게 마련인지 잘 알고 있었다. 하지만 지금 할 수 있는 일은 아무것도 없었다.

"아니, 있어."

그가 큰 소리로 말했다.

"노 끝에 칼을 묶어놓으면 돼."

노인은 키 손잡이를 겨드랑이에 끼고 발로는 마룻줄을 밟은 채 칼을 연결했다.

"자, 난 여전히 늙은이지만 무방비 상태는 아니군."

그가 말했다.

신선한 미풍이 불었고 항해는 순조로웠다. 그는 큰 물고기의 앞부분에만 눈길을 두었다. 희망이 어느 정도 살아났다.

'희망을 품지 않는 건 어리석은 일이야. 게다가 난 그게 죄라고 믿는다고. 죄에 대해서는 생각하지 말기로 해.'

그는 생각했다.

'지금은 죄가 아니라도 걱정거리가 충분하잖아. 그리고 죄에 대해서 알지도 못하잖아. 내가 죄라는 걸 믿는지도 잘 모르겠고. 그 물고기를 죽인 건 죄를 저지른 걸지도 몰라. 비록 내가 살려고, 많은 사람을 먹이려고 한 일이더라도 죄가 될 거야. 하지만 그렇게 치면 죄가 아닌 게 없잖아. 죄에 대해 생각하지 말자. 그런 생각을 하기엔 너무 늦었어. 그런 생각을 하는 걸로 돈을 버는 사람들도 따로 있잖아. 그 사람들에게 맡겨두자. 너는 타고난 어부잖아. 물고기가 물고기로 타고난 것처럼. 산 페드로(성 베드로의 스페인어-역주) 위대한 디마지오의 아버지처럼 어부였지.'

그러나 그는 자신과 관련된 모든 일에 대해 생각하길 좋아했다. 게다가 읽을거리도 없고 라디오도 없었기에 생각을 많이

했고, 죄에 대해서도 계속 생각했다.

'단지 살려고, 식용으로 팔려고 물고기를 죽인 게 아니잖아. 자존심을 세우려고, 그리고 너는 어부니까 죽인 거잖아. 살아 있을 때도 그 후에도 넌 물고기를 사랑했어. 물고기를 사랑하면 죽이는 게 죄가 아닐까? 아니면 오히려 더 큰 죄가 되는 걸까?'

"늙은이, 생각이 너무 많군."

그가 소리 내어 말했다.

'하지만 넌 덴투소를 죽이면서 즐겼잖아.'

그는 생각했다.

'덴투소도 너처럼 산 물고기를 먹고 사는 거야. 어떤 상어들처럼 썩은 고기를 먹는 것도 아니고 식욕만 채우고 돌아다니는 것도 아니야. 아름답고 고귀하면서도 무엇도 두려워하지 않는 상어였어.'

"내가 그놈을 죽인 건 정당방위였다고. 그리고 제대로 된 방법으로 죽였고."

노인은 소리 내어 말했다.

'게다가 모든 게 어떤 식으로든 다른 모든 것을 죽이는걸. 고기잡이는 나를 살아 있게도 하지만 그만큼 나를 죽이기도 해. 그 애는 나를 살리잖아.'

그는 생각했다.

'나 자신을 너무 속이면 안 되지.'

노인은 뱃전 너머로 몸을 숙여 상어에게 뜯긴 물고기 살점을 떼어냈고, 씹으면서 양질의 고기 맛을 느꼈다. 가축의 고기처럼 탄탄하고 육즙이 많지만, 붉은빛은 아니었다. 힘줄도 없어서 시장에서 가장 비싼 값을 받을 것이었다. 하지만 물속에 그 냄새가 풍기지 않도록 막을 방법이 없었다. 노인은 혹독한 시련이 다가오고 있음을 알았다.

미풍은 꾸준히 불어왔다. 그는 바람이 조금 더 북동쪽으로 물러난 것은 곧 바람이 잦아들지는 않는다는 뜻임을 알았다. 노인은 앞을 내다보았지만, 어떤 돛도 선체도 배에서 뿜는 연기조차도 전혀 보이지 않았다. 오직 뱃머리 양쪽으로 날아가는 날치와 노란 모자반 더미만 보였다. 심지어 새 한 마리도 보이지 않았다.

그는 고물에 누운 채 이따금 청새치 고기를 씹으며 휴식을 취하고 기운을 내려고 애썼다. 그렇게 항해한 지 두 시간쯤 되었을 때 상어 두 마리 중 첫 번째가 보였다.

"아이."

그가 큰 소리를 냈다. 다른 어떤 말로도 옮길 수 없는 외마디 말이었다. 어쩌면 널빤지에 손을 못 박힐 때 무의식적으로 내는 것과 비슷한 어떤 소리일 수도 있었다.

"갈라노Galano(쿠바식 스페인어로 '얼룩덜룩한 것'을 뜻하는데, 여기서는 장완흉상어를 가리킨다-역주)들이군."

그가 말했다. 첫 번째 지느러미 뒤로 두 번째 상어의 지느러미가 다가오는 것이 보였다. 갈색의 삼각형 지느러미와 꼬리를 쓰는 동작으로 보아 얼굴이 삽날 모양으로 생긴 상어들이 분명했다. 그들은 냄새를 맡고 흥분했다가 극심한 갈망에 어리석게도 냄새를 놓쳤다가 다시 흥분해 냄새 찾기를 거듭하고 있었다. 하지만 꾸준히 가까워지고 있었다.

노인은 돛의 마룻줄을 단단히 매어놓고 키 손잡이도 고정한 다음, 칼을 묶어둔 노를 들었다. 그는 통증으로 양손이 말을 듣지 않는 탓에 가능한 한 부드럽게 노를 들어 올렸다. 그리고 노를 든 채 손을 쥐었다 폈다 하며 가볍게 풀어주었다. 이제 그는 움찔하지 않고 통증을 견딜 수 있도록 두 손을 꼭 쥐고 상어들이 오는 것을 지켜보았다. 넓적하고 반반한 삽처럼 생긴 대가리와 끝이 하얗고 넓은 가슴지느러미가 보였다. 그들은 악취를 풍기는 혐오스러운 상어들로, 직접 사냥도 하고 죽은 고기를 먹기도 했다. 배고플 때는 배의 노나 방향타까지 물어뜯었다. 거북이 수면에서 잠들었을 때 다리와 지느러미발을 잘라버리는 것도 이들이었다. 배가 고프면 물속에서 물고기 피 냄새나 점액 냄새를 풍기지 않는 사람까지도 공격했다.

"아이."

노인이 말했다.

"갈라노들아, 어서 와라, 갈라노들아."

그들이 왔다. 하지만 청상아리와는 다른 방식으로 나타났다. 한 마리가 몸을 돌려 배 밑으로 사라지더니, 물고기를 홱 잡아당기느라 배가 흔들리는 것이 느껴졌다. 다른 한 마리는 노란 눈을 가늘게 뜨고 노인을 지켜보다가 반원형의 주둥이를 크게 벌리고 날쌔게 물고기에게 다가와 이미 물어뜯긴 자리에 덤벼들었다. 갈색 대가리의 위쪽과 등에는 뇌가 척수와 연결되는 선이 뚜렷하게 보였고 노인은 노에 달린 칼을 그 지점에 밀어 넣었다가 다시 빼서 고양이 같은 노란 눈알에 꽂아 넣었다. 상어는 물고기를 놓고 빠져나가, 뜯어낸 살점을 삼키며 죽어갔다.

물고기를 뜯어먹으려는 다른 상어 때문에 배는 여전히 흔들렸다. 노인이 돛을 풀어 배를 옆으로 돌리자 배 밑에 있던 상어가 모습을 드러냈다. 상어가 보이자 노인은 옆으로 몸을 숙여 상어를 후려쳤다. 그러나 상어의 살을 건드렸을 뿐 가죽은 단단해서 칼이 거의 뚫고 들어가지 못했다. 상어를 공격하느라 그는 두 손은 물론이고 어깨까지 아팠다. 하지만 상어는 대가리를 내밀고 빠르게 다가왔고, 물속에서 코를 내밀어 물고기에 겨냥하는 순간 노인은 상어의 납작한 대가리 중심을 정면으로 가격했다. 노인은 칼을 빼서 정확히 같은 자리에 다시 찔러 넣었다. 상어는 여전히 주둥이를 물고기에 건 채 매달렸고 노인은 상어의 왼쪽 눈을 푹 찔렀다. 상어는 여전히 그 자리에 있었다.

"이래도 안 되겠냐?"

노인은 척추와 골 사이에 칼을 밀어 넣었다. 이번에는 칼이 쉽게 들어갔고 연골이 끊어지는 것을 느낄 수 있었다. 노인은 노를 뒤집어 칼날을 상어의 주둥이에 노깃을 밀어 넣고 입을 열었다. 그는 노깃을 비틀었고 상어가 빠져나가자 이렇게 말했다.

"가거라, 갈라노야. 물속으로 한 일 킬로미터는 내려가버리거라. 가서 친구를 만나든 어미를 만나든 해라."

노인은 칼날을 닦아내고 노를 내려놓았다. 그리고 마룻줄과 돛을 찾아 팽팽하게 하고 배를 경로에 맞게 돌렸다.

"그놈들이 사분의 일은 가져간 게 분명하군. 가장 좋은 살코기도 가져갔어."

그가 소리 내어 말했다.

"이게 꿈이었다면, 내가 그 물고기를 낚지 않았다면 얼마나 좋을까. 미안하게 되었구나, 물고기야. 그 바람에 모든 것이 잘못돼버렸어."

그는 말을 멈추었다. 지금은 물고기를 보고 싶지 않았다. 피가 모두 빠지고 물에 씻긴 물고기는 거울 뒷면 같은 은빛이었지만, 줄무늬는 여전히 드러나 보였다.

"그렇게 멀리까지 나가지 말아야 했어, 물고기야."

그가 말했다.

"너를 위해서도 나를 위해서도. 미안하다, 물고기야."

이제 그는 자신에게 말했다.

'칼을 묶은 줄을 잘 살펴봐. 혹시 끊어진 곳은 없는지 확인해야지. 그다음에는 손을 잘 쓸 수 있게 채비해둬. 상어들이 더 올 테니까.'

"칼을 갈 숫돌이 있으면 좋을 텐데."

노인은 노 끝에 묶인 줄을 확인한 뒤 말했다.

"숫돌을 가져왔어야 했어."

'가져왔어야 할 게 한둘이 아니지.'

그는 생각했다.

'하지만 가져오지 않았잖아, 늙은이. 지금은 없는 걸 생각할 때가 아니라고. 있는 걸로 뭘 할 수 있을지 생각해봐.'

"좋은 말씀 많이 해주시는군."

그는 소리 내어 말했다.

"그런 말은 넌더리가 난다고."

그는 키 손잡이를 겨드랑이에 끼우고 양손을 물에 담갔다. 배는 앞을 향해 나아갔다.

"마지막 놈이 얼마나 많이 뜯어 갔는지 모르겠네."

그가 말했다.

"하지만 지금은 배가 한결 가벼워졌군."

그는 뜯겨나간 물고기의 아래쪽은 생각하고 싶지도 않았다. 그는 상어가 한 번 쿵 부딪쳤을 때마다 살점이 뜯겨나갔을 것이고 이제는 모든 상어가 뒤따라올 수 있도록 고속도로처럼 넓은 길이 바다에 만들어졌다는 것을 잘 알았다.

'이 물고기라면 한 사람이 겨우내 먹고 살 수 있었을 텐데.'

그는 생각했다.

'그런 건 생각하지 마. 남은 고기를 지킬 수 있게 네 손이나 잘 준비하면서 그냥 쉬라고. 물속에 온통 퍼져버린 냄새를 생각하면, 내 손에서 풍기는 피 냄새는 이제 아무것도 아니야. 게다가 내 손에서는 피도 많이 나지 않아. 다 대수롭지 않은 상처밖에 없어. 피를 흘린 덕분에 왼손에 쥐가 나지 않았을지도 몰라.'

'이제 무슨 생각을 해야 하지?'

그가 생각했다.

'아무 생각도 하지 마. 아무 생각하지 않고 다음 놈들을 기다려야 해. 이게 정말 꿈이었다면 좋겠군.'

그가 생각했다.

'하지만 혹시 알아? 결국에는 다 잘될지도 모르잖아.'

다음으로는 삽날 모양의 상어 한 마리가 따라왔다. 이 상어는 마치 여물통에 덤벼드는 돼지처럼 나타났다. 만약 돼지 주둥이가 사람 머리가 들어갈 만큼 크다면 말이다. 노인은 상어가 물고기를 덮치도록 두었다가 노에 달린 칼을 상어의 골에 내리꽂았다. 그러나 상어가 구르면서 갑자기 몸을 뒤로 홱 젖히는 바람에 칼날이 부러졌다.

노인은 방향을 잡기 위해 자리에 앉았다. 거대한 상어가 원래 크기에서 차츰 줄어들며 아주 작게 변하면서 물속으로 천천히 가라앉는 모습은 보지도 않았다. 언제나 노인을 사로잡았던 광경이지만, 지금은 눈길도 주지 않았다.

"이제는 작살이 남았군."

그가 말했다.

"하지만 별 소용이 없을 거야. 그럼 노 한 쌍에 키 손잡이와 짧은 방망이가 하나씩 있군."

'이제 놈들에게 완전히 당한 거군.'

그가 생각했다.

'상어를 때려죽이기에는 내가 너무 늙었어. 하지만 노와 방망이와 키 손잡이가 있는 한 시도는 해봐야지.'

그는 두 손을 다시 물에 담갔다. 늦은 오후가 되면서 보이는 것은 바다와 하늘밖에 없었다. 하늘에는 전보다 바람이 거세게 불어왔고, 그는 곧 육지가 보이길 바랐다.

"지쳤군, 늙은이."

그가 말했다.

"뱃속까지 지쳐버린 거야."

해가 지기 직전까지 상어들은 다시 공격하지 않았다.

노인은 물고기가 만들어놨을 넓디넓은 흔적을 따라 갈색 지느러미가 다가오는 것을 보았다. 그들은 냄새를 찾아 배회하지도 않고, 곧장 배를 향해 나란히 헤엄쳐 왔다. 그는 키 손잡이를 고정해놓고, 마룻줄을 묶어둔 다음 고물 아래로 손을 뻗어 방망이를 잡았다. 그것은 부러진 노에서 잘라낸 노 손잡이로, 길이는 76센티미터 정도였다. 손잡이 부분을 한 손으로 쥐어야 효과적으로 이용할 수 있었다. 그는 오른손으로 방망이를 쥐고 손을 풀면서 상어들이 오는 것을 지켜보았다. 둘 다 갈라노였다.

'첫 번째 놈이 고기를 물도록 놔뒀다가 콧등이나 정수리를 똑바로 내리쳐야겠어.'

그가 생각했다.

상어 두 마리는 같이 다가왔고, 그에게 가까운 놈이 주둥이를 벌려 물고기의 은빛 옆구리에 파묻자 그는 방망이를 높이 치켜들고 넓적한 대가리의 정수리를 묵직하게 쿵 내리쳤다. 고무처럼 탄탄한 탄성과 단단한 뼈가 느껴졌다. 상어가 물고기에게서 벗어나는 사이 그는 상어 콧등을 한 번 더 세게 내리쳤다.

오락가락하던 다른 상어가 이제 주둥이를 크게 벌리고 다시 다가왔다. 상어가 물고기를 쿵 들이박으면서 주둥이를 다물자, 귀퉁이에서 떨어져내리는 하얀 살점들이 보였다. 그는 방망이를 휘둘러 대가리만 가격했고 상어는 그를 바라보다가 살점을 비틀어 물어뜯었다. 상어가 고기를 삼키려고 물고기에게서 멀어지자 노인은 다시 한번 방망이를 내리쳤지만, 묵직하고 단단한 탄성만 느껴졌다.

"자, 갈라노."

노인이 말했다.

"다시 덤벼라."

상어가 허둥지둥 달려들었고, 노인은 주둥이를 다무는 상어를 가격했다. 그는 방망이를 한껏 높이 치켜들었다가 확실하게 내리쳤다. 이번에는 골 아래쪽 뼈까지 느끼면서 다시 같은 자리를 때렸다. 상어는 느릿느릿 둔한 움직임으로 살점을 뜯더니 마침내 물고기에게서 물러났다.

노인은 상어가 다시 나타나는지 지켜보았지만 두 마리 모두 돌아오지 않았다. 그러다가 한 마리가 수면에서 원을 그리며 헤엄치는 것이 보였다. 다른 한 마리의 지느러미는 보이지 않았다.

'내가 놈들을 죽일 수 있다고 기대하면 안 되겠지.'

그는 생각했다.

'한창때는 그럴 수도 있었을 테지. 하지만 두 놈 모두 혼쭐을 내놨으니 어느 놈도 멀쩡하지는 않을 거야. 양손으로 방망이를 쓸 수 있었다면 아무리 지금이라도 첫 번째 놈 정도는 확실히 죽일 수 있었을 거야.'

그는 생각했다.

그는 물고기를 보고 싶지 않았다. 물고기의 절반은 훼손되었다는 것을 잘 알고 있었다. 상어들과 싸우는 동안 해는 저물어 있었다.

"곧 어두워지겠어."

그가 말했다.

"그럼 아바나의 불빛이 보이겠군. 너무 동쪽으로 와 있다면 생경한 해변의 불빛이라도 보이겠지."

'이제 아주 멀리 있지는 않을 텐데.'

그가 생각했다.

'사람들이 내 걱정을 많이 하지 않았기를 바랄 뿐이야. 물론 그 애만은 걱정하고 있겠지. 그래도 그 애는 틀림없이 확신이 있을 거야. 나이 든 어부들은 걱정하겠지. 다른 사람들도 마찬가지고.'

그는 생각했다.

'난 좋은 동네에 사는구나.'

그는 더는 물고기에게 이야기할 수가 없었다. 물고기가 너무 심하게 손상되었기 때문이다. 문득 노인의 머릿속에 무언가가 떠올랐다.

"반쪽 물고기야."

그가 말했다.

"너도 온전한 물고기였는데. 내가 너무 멀리까지 나와서 미안하구나. 나 때문에 우리 둘 다 망가져버렸어. 하지만 우린 상어를 여럿 죽였잖니, 너와 나 둘이서 다른 놈들을 많이 망가뜨렸어. 물고기야, 넌 몇이나 죽였니? 대가리에 그 창 모양의 주둥이가 괜히 있는 건 아니겠지."

그는 물고기를 떠올리면서 이 녀석이 자유롭게 헤엄칠 수 있다면 상어에게 어떻게 할 수 있을지 생각해보는 것이 좋았다.

'주둥이를 잘라내 상어들과 싸울 때 쓸 걸 그랬어.'

그는 생각했다. 하지만 손도끼도 없었고, 이제는 칼도 없었다.

'하지만 창 같은 주둥이를 노 끝에 묶었다면, 그렇게 할 수 있다면 얼마나 훌륭한 무기가 되었을까. 그러면 우리가 함께 싸울 수 있었을 텐데. 놈들이 밤에 다시 오면 어떻게 할까? 무얼 할 수 있을까?'

"싸워야지."

그가 말했다.

"죽을 때까지 싸울 거야."

하지만 지금 캄캄한 어둠 속에서 은은하게 번지는 빛도 불빛도 없이 오직 바람만이 항로를 따라 돛을 잡아끄는 가운데 그는 이미 죽은 것 같은 기분이 들었다. 그는 두 손을 모아 손바닥을 만져보았다. 두 손은 죽은 상태가 아니었고 단지 쥐었다 폈다 하는 것만으로도 생명의 고통을 불러올 수 있었다. 그는 고물에 등을 기대었고, 자신이 죽지 않았다는 것을 깨달았다. 그의 양어깨가 일러준 것이다.

'내가 물고기를 잡으면 기도하겠다고 약속했었지.'

그가 생각했다.

'하지만 너무 피곤해서 지금 기도문을 외진 못하겠군. 자루를

가져다 어깨에 두르는 게 좋겠구나.'

그는 고물에 누워 키를 잡고 하늘에 환한 빛이 나타나기를 기다렸다.

'물고기 반쪽이 남아 있지.'

그가 생각했다.

'운이 좋으면 앞부분에 남은 반쪽은 가져갈 수 있을지도 몰라. 운이 좀 따라줘야 할 텐데. 아니다. 너무 멀리까지 나갔을 때 네가 이미 네 운을 망쳐버린 거라고.'

그가 생각했다.

"어리석게 굴지 마."

그가 소리 내어 말했다.

"잠들지 말고 키나 잘 잡아. 아직 행운이 있을지도 모르잖아."

그가 말했다.

"행운을 파는 곳이 있으면 좀 사고 싶군."

'무얼 가지고 행운을 살 건데?'

그가 자문했다.

'없어진 작살과 부러진 칼과 망가진 두 손으로?'

"살 수 있을지도 몰라."

그가 말했다.

"바다에서 보낸 팔십사 일을 가지고 사려고 했잖아. 게다가 거의 너한테 팔 뻔했잖아."

'말도 안 되는 생각은 그만해야지.'

그가 생각했다.

'운은 다양한 모습으로 찾아오는 건데 누가 그걸 알아볼 수 있겠어? 어떤 모습이 됐든지 좀 얻고 나서 달라는 대로 값을 치르고 싶군. 환한 빛이 보이면 좋겠는데.'

그가 생각했다.

'나는 바라는 게 너무 많아. 하지만 내가 지금 바라는 건 그거야.'

그는 키를 잡기에 좀 더 편안한 자세로 고쳐 앉았고, 통증을 느끼면서 자신이 죽지 않았다는 것을 확인했다.

밤 열 시쯤 되었을 법한 때에 도시의 불빛에서 반사된 환한 빛이 보였다. 처음에는 달이 뜨기 전에 하늘에 비치는 빛처럼 겨우 알아볼 수 있었다. 그러다가 바람이 강해지며 거칠어진 바다 저편에서 안정적으로 불빛이 보였다. 그는 환한 빛의 안쪽으로 방향을 잡았고 이제 곧 만류의 가장자리에 닿으리라고 생각했다.

'이제 끝났어.'

그가 생각했다.

'분명 놈들이 다시 공격하겠지. 하지만 한밤중에 무기도 없이 혼자서 그놈들을 상대로 뭘 할 수 있겠어?'

그는 몸이 쑤시고 뻣뻣해졌고 여기저기 난 상처와 무리해서

탈이 난 곳들이 밤의 한기에 더욱 아팠다.

'다시 싸울 필요가 없으면 좋을 텐데.'

그는 생각했다.

'정말 다시 싸우지 않아도 되기만을 간절히 바랄 뿐이야.'

하지만 자정 무렵 그는 다시 싸워야 했다. 이번에는 소용없는 싸움이라는 것을 알았다. 상어들은 떼를 지어 몰려왔고, 그에게는 지느러미가 물속에서 그리는 선과 그들이 물고기에게 덤벼들 때 나는 인광만 보였다. 그는 방망이로 대가리를 내려쳤다. 주둥이로 찍는 소리가 들렸고, 그들이 아래쪽을 차지하면서 배가 흔들렸다. 그는 오직 느낌이나 소리에 의지해 필사적으로 방망이를 휘둘렀다. 갑자기 무언가가 방망이를 붙잡는가 싶더니, 방망이가 사라졌다.

그는 키에서 손잡이를 떼어내 양손으로 휘두르면서 몇 번이고 때리고 내리찍었다. 하지만 그들은 이제 뱃머리까지 와서 들이댔다. 하나씩 번갈아 오거나 동시에 달려들어 살점을 뜯어갔다. 그들이 다시 한번 달려들려고 돌아설 때 떨어진 살점들이 바다 아래서 빛을 뿜었다.

마침내 한 마리가 대가리를 향해 다가갔고 그는 이제 끝났다는 것을 알았다. 그는 키 손잡이를 상어 대가리에 휘둘렀다. 상어는 잘 뜯어지지 않는 묵직한 물고기 대가리에 주둥이가 끼어 있었다. 그는 한 번 두 번 그리고 다시 한번 손잡이를 휘둘렀다.

손잡이가 부러지는 소리가 들렸지만 쪼개진 끝을 들고 상어에게 돌진했다. 그는 살에 박히는 느낌으로 조각이 날카롭다는 것을 알아차리고 다시 한번 쑤셔 넣었다. 상어는 물고기를 놓고 몸을 돌려 물러났다. 그놈이 무리의 마지막 상어였다. 상어들이 먹을 것도 더는 없었다.

노인은 이제 거의 숨을 쉴 수가 없었다. 입에서는 이상한 맛이 느껴졌다. 구리 같은 쇠 맛에 단맛도 났다. 그는 순간 겁이 났지만 양이 많은 것은 아니었다.

그는 바다에 침을 뱉고 말했다.

"그거나 먹어라, 갈라노들아. 그리고 사람 죽인 꿈이나 꿔라."

이제 그는 더는 어쩔 도리 없이 완전히 녹초가 되었다는 것을 깨달았다. 고물로 돌아가니, 삐죽삐죽하게 부러진 키 손잡이는 키 구멍에 잘 맞아서 조종하기에는 충분했다. 그는 어깨에 자루를 두르고 항로에 맞추어 배의 방향을 잡았다. 그는 이제 가뿐하게 항해했다. 어떤 생각도 어떤 느낌도 없었다. 그는 이제 모든 것을 지나왔고, 귀항을 위해 할 수 있는 한 영리하고 능숙하게 배를 몰아갔다. 밤에는 누군가 식탁에서 부스러기를 줍듯 상어들이 물고기의 잔해를 덮쳤다. 노인은 상어들을 전혀 개의치 않았고 배를 조종하는 것 말고는 어떤 것도 신경 쓰지 않았다. 다만 뱃전에 있던 육중한 짐이 없으니 배가 얼마나 가볍게 잘 나아가는지는 알아차렸다.

'배는 괜찮아.'

그가 생각했다.

'건강하고 키 손잡이만 빼면 상한 곳도 없어. 손잡이는 쉽게 바꿀 수 있지.'

그는 이제 해류 안에 들어와 있음을 느낄 수 있었다. 해안을 따라 해변 마을의 불빛도 보였다. 지금 있는 곳이 어딘지 알고 있으니 집에 돌아가는 일은 아무것도 아니었다.

'어쨌든 바람은 우리 친구야.'

그는 생각하다가 이렇게 덧붙였다.

'가끔은 그렇다는 거지. 그리고 친구들과 적들이 있는 거대한 바다도. 그리고 침대도.'

그가 생각했다.

'침대는 내 친구야. 그냥 침대 말이지.'

그가 생각했다.

'침대는 대단하지. 지쳤을 때 편안하게 맞아주잖아. 침대가 얼마나 편안한지 미처 몰랐어. 그래서 널 지치게 한 게 뭔데?'

"아무것도 아니야."

그가 큰 소리로 말했다.

"그냥 내가 너무 멀리 나간 거야."

그가 작은 항구로 들어갔을 때 테라스의 불은 꺼져 있었다. 모두 잠자리에 든 것이다. 차츰차츰 강해지던 바람이 이제는 세차게 불고 있었다. 하지만 항구는 잠잠했고, 그는 바위 아래 좁다란 자갈밭에 배를 댔다. 도와줄 사람이 없는 탓에 할 수 있는 한 깊숙이 배를 끌어 올린 다음, 배에서 내려 바위에 묶었다.

그는 돛대를 내리고 돛을 감아서 묶었다. 그리고 돛대를 어깨에 메고 기슭을 오르기 시작했다. 그제야 그는 자신이 얼마나 지쳐 있는지 깨달았다. 잠시 걸음을 멈추고 고개를 돌리니 가로등 불빛에 배의 고물 뒤에 곧추선 물고기의 거대한 꼬리가 보였다. 그는 하얗게 드러난 등뼈의 선과 주둥이가 비죽이 튀어나온 육중하고 시커먼 대가리 그리고 적나라하게 드러난 그 사이를 보았다.

그는 다시 기슭을 오르기 시작했고 꼭대기에 이르자 쓰러져서 어깨에 돛대를 멘 채 한참을 누워 있었다. 그는 일어나려고 애썼지만, 쉽지 않았다. 어깨에 돛대를 멘 그대로 그 자리에 앉은 그는 길 쪽을 바라보았다. 길 저편으로 볼일 보러 가는 고양이 한 마리가 보였다. 노인은 고양이를 지켜보다가, 그다음에는 그냥 물끄러미 길을 보았다.

결국 그는 돛대를 내려놓고 몸을 일으켰다. 그리고 돛대를 들어 어깨에 올리고 길을 가기 시작했다. 오두막에 도착하기까지는 다섯 번이나 앉아 있어야 했다.

오두막에 들어선 그는 돛대를 벽에 기대놓았다. 어둠 속에서 물병을 찾아 마셨다. 그리고 침대에 누웠다. 어깨 위로 담요를 끌어당겨 등과 다리까지 덮은 다음, 양팔을 쭉 뻗고 손바닥은 하늘을 향한 채 신문에 얼굴을 파묻고 잠들었다.

아침에 사내아이가 문으로 들여다보았을 때 노인은 잠들어 있었다. 바람이 너무 세차게 불어서 유망流網을 쓰는 배는 나갈 수 없는 날이었다. 사내아이는 늦잠을 자고 일어나 아침마다 그랬듯이 노인의 오두막에 와본 것이었다. 노인이 숨 쉬는 것을 확인한 사내아이는 노인의 손을 보고 울기 시작했다. 커피를 가져오려고 아주 조용히 집 밖으로 나온 아이는 길을 따라가는 내내 울었다.

어부 여럿이 작은 배 주위에 모여 뱃전에 묶인 것을 구경하고 있었다. 어부 하나는 바지를 둥둥 걷어 올리고, 물속에서 낚싯줄로 물고기 뼈대의 길이를 쟀다.

사내아이는 내려가지 않았다. 이미 가보았기 때문이다. 어부 중 하나가 그를 위해 배를 살피고 있었다.

"할아버지는 어떠시니?"

어부 한 명이 소리쳤다.

"주무세요."

아이가 큰 소리로 대답했다. 아이는 우는 모습을 사람들이 보든 말든 개의치 않았다.

"아무도 깨우지 마세요."

"코에서 꼬리까지 오 점 오 미터였어."

길이를 재던 어부가 소리쳤다.

"그 정도일 거예요."

사내아이가 말했다.

아이는 테라스로 들어가 커피 한 캔을 주문했다.

"뜨겁게 해서 우유와 설탕을 듬뿍 넣어주세요."

"더 필요한 건?"

"없어요. 나중에 할아버지가 뭘 드실 수 있는지 알아볼게요."

"대단한 고기더구나. 그런 물고기는 없었거든. 네가 어제 잡은
고기 두 마리도 제법 훌륭했지."

주인이 말했다.

"그까짓 두 마리야, 뭐."

사내아이는 다시 울기 시작했다.

"뭐라도 마시겠니?"

주인이 물었다.

"아뇨. 산티아고 할아버지를 귀찮게 하지 말라고 해주세요.
제가 다시 올게요."

아이가 대답했다.

"내가 많이 안타까워하더라고 전해드려."

"고맙습니다."

사내아이가 말했다.

아이는 뜨거운 커피를 가지고 오두막으로 올라가 노인이 깰

때까지 곁을 지켰다. 한 번은 노인이 깨어나는 것처럼 보였다. 하지만 다시 깊은 잠에 빠져들었고 사내아이는 길을 건너가 커피를 데울 때 쓸 땔감을 빌려 왔다.

마침내 노인이 깨어났다.

"일어나지 마세요."

아이가 말했다.

"이거 드세요."

아이는 커피를 잔에 조금 따랐다. 노인이 잔을 받아들고 마셨다.

"내가 그놈들한테 두 손 두 발 다 들었단다, 마놀린."

그가 말했다.

"완전히 손들었어."

"그 고기한테 당하신 건 아니잖아요. 그 물고기는 아니죠."

"그래, 그건 아니지. 그 뒤에 그랬지."

"페드리코가 배와 어구를 살피고 있어요. 물고기 대가리는 어떻게 하실래요?"

"페드리코에게 잘라서 고기 잡은 어량에 쓰라고 하렴."

"창 같은 주둥이는요?"

"갖고 싶으면 네가 가지렴."

"갖고 싶어요."

아이가 말했다.

"이제 다른 것들은 어떻게 할지 계획을 세워야 해요."

"사람들이 나를 찾더냐?"

"당연하죠. 해안경비대에 비행기까지 동원했어요."

"바다는 넓고 배는 작으니 찾기가 어려웠겠지."

노인이 말했다. 그는 자기 자신과 바다에 대고 말하는 대신 누군가 이야기할 상대가 있다는 것이 얼마나 즐거운 일인지 깨달았다.

"네가 보고 싶더구나. 너는 뭘 잡았니?"

"첫날에 한 마리. 둘째 날에 한 마리. 셋째 날에는 두 마리요."

"무척 잘했구나."

"이제 다시 고기 잡으러 같이 가요."

"안 된다. 난 운이 좋지 않아. 더는 운이 따르지 않아."

"빌어먹을 운."

사내아이가 말했다.

"제가 운을 불러오면 되잖아요."

"네 가족이 뭐라고 하겠니?"

"상관없어요. 제가 어제 두 마리 잡았잖아요. 하지만 아직 배울 게 많으니까 이제 할아버지와 같이 나갈 거예요."

"도살용 작살을 좋은 것으로 구해서 신고 다녀야겠어. 날은 구형 포드 자동차에서 나온 판용수철로 만들면 돼. 연마는 과나바코아Guanabacoa(쿠바 아바나주 동쪽의 마을-역주)에 가서 하고.

날카롭고 담금질이 안 되어 있어서 부러질 거야. 내 칼도 부러졌
단다."

"제가 다른 칼을 구할게요. 용수철도 연마해 오고요. 이렇게
거센 브리사가 며칠이나 갈까요?"

"아마 사흘쯤, 어쩌면 더 오래갈 수도 있지."

"제가 다 준비해둘게요."

아이가 말했다.

"할아버지는 손부터 잘 치료하세요."

"이걸 치료하는 방법은 내가 잘 알지. 그런데 밤에 내가 이상
한 걸 뱉어냈는데 가슴에서 뭔가가 부러진 느낌이 들더구나."

"그것도 잘 치료하세요."

사내아이가 말했다.

"누우세요, 할아버지. 제가 깨끗한 셔츠를 가져올게요. 드실
것도 좀 가져오고요."

"내가 없는 사이에 온 신문도 있으면 좀 가져다주렴."

노인이 말했다.

"할아버지가 빨리 나으셔야 해요. 제가 배울 게 많으니, 할아
버지가 다 가르쳐주셔야죠. 도대체 고생을 얼마나 하신 거예요?"

"많이."

노인이 대답했다.

"음식과 신문을 가져올게요."

아이가 말했다.

"푹 쉬세요, 할아버지. 손에 필요한 약도 사 올게요."

"잊지 말고 페드리코에게 대가리를 가지라고 하렴."

"네, 명심할게요."

사내아이는 문을 니서서 닳아버린 산호초 바윗길을 따라 내려가면서 다시 울음을 터뜨렸다.

그날 오후 테라스에는 관광객 한 무리가 와 있었다. 한 여인이 빈 맥주캔과 죽은 꼬치고기들 사이로 바다를 내려다보다가 뭔가를 발견했다. 거대한 꼬리가 달린 크고 긴 흰색 등뼈였다. 항구 바깥쪽에서 동풍이 불어와 쉬지 않고 거센 파도를 일으키는 사이에, 그 등뼈가 조수에 따라 오르락내리락하며 흔들리고 있었다.

"저건 뭐죠?"

그녀는 웨이터에게 이제는 해류에 쓸려나가기를 기다리는 쓰레기에 지나지 않는 거대한 물고기의 긴 등뼈를 가리키며 물었다.

"티부론tiburon(스페인어로 상어를 뜻한다-역주)이."

웨이터가 말했다.

"그러니까 상어가."

그는 무슨 일이 있었는지 설명해주려던 참이었다.

"상어 꼬리가 저렇게 멋지고 아름다운지 몰랐어요."

"저도 몰랐어요."

그녀와 함께 온 남성이 말했다.

길 위쪽 오두막에서는 노인이 다시 잠을 자고 있었다. 여전히 얼굴을 바닥에 댄 채 잠들어 있는 그를 사내아이가 곁에서 지켜 보았다. 노인은 사자 꿈을 꾸고 있었다.

작가 연보

1899년	7월 21일 시카고 근교의 일리노이주 오크파크에서 태어나다.
1917년	10월에 〈캔자스시티 스타〉 기자로 취직하다.
1918년	4월에 〈캔자스시티 스타〉에서 사직하다. 5월에 적십자 소속 구급차 부대의 소위로 입대하여 제1차 세계대전에 참전하다. 7월에 포살타디 파이버에서 박격포 탄에 맞아 다리 중상을 입다. 밀라노 병원에 3개월 입원하던 중 7세 연상의 간호사 애그니스 폰 쿠르스키와 사랑에 빠지다.
1919년	3월에 애그니스와 결별하다.
1921년	8세 연상의 해들리 리치드슨과 결혼하다. 12월에 〈토론토 스타〉 특파원 자격으로 아내와 함께 파리로 가 정착하다.
1922년	2월에 에즈라 파운드를, 3월에 제임스 조이스를 만나다. 10월에 그리스-터키 전쟁을 취재하고, 11월에 로잔회담을 취재하다.
1923년	4월에서 5월까지 프랑스가 점령한 루르 지방을 취재하다. 8월에 첫 작품집 《세 편의 단편소설과 열 편의 시》를 발표하다. 토론토로 돌아가고 〈토론토 스타〉에서 사직하다.
1924년	1월에 다시 파리로 가다. 에즈라 파운드의 소개로 포드 매독스 포

드를 만나고 〈트랜스어틀랜틱 리뷰〉의 편집을 도와주다. 3월에 단편집《우리들의 시대에》를 발표하다.

1926년 2월에 4세 연상인 폴라인 파이퍼와 불륜관계를 맺다. 5월에《봄의 급류》를 발표하다. 8월에 아내 해들리와 별거하다. 10월에 장편소설《해는 다시 떠오른다》를 발표하다.

1927년 1월에 해들리와 이혼하고, 5월에 폴라인과 결혼하다. 10월에 두 번째 단편집《여자 없는 남자》를 발표하다.

1928년 파리생활을 청산하고 플로리다주 키웨스트에 정착하다. 12월에 아버지가 오크파크에서 권총으로 자살하다.

1929년 4월에 프랑스로 돌아가다. 9월에《무기여 잘 있거라》를 발표하다.

1932년 4월에 제인 메이슨과 사랑에 빠지다. 9월에《오후의 죽음》을 발표하다.

1933년 10월에 세 번째 단편집《승자에게는 아무것도 주지 마라》를 발표하다.

1935년 10월에《아프리카의 푸른 언덕》을 발표하다.

1936년 4월에 제인과 결별하다. 7월 스페인 내란 발발로 정부군에 협조하다. 단편소설 〈킬리만자로의 눈〉, 〈프랜시스 매코머의 짧고 행복한 생애〉를 발표하다.

1937년 종군기자 신분으로 스페인 내란에 합류하다. 프랑스 소설가 앙드레 말로를 만나다. 10월에《가진 자와 못 가진 자》를 발표하다.

1939년 12월에 쿠바로 터전을 옮기다.

1940년 10월에《누구를 위하여 종은 울리나》를 발표하다. 11월에 폴라인과 이혼하고, 마서 겔혼과 결혼하다.

1941년 2월에서 5월까지 중일전쟁 보도 특파원으로 중국을 가다.

1942년 《싸우는 사람들》을 발표하다.

1944년 4월에 〈콜리어스〉 소속 종군기자로 유럽 전쟁 한복판에 들어가다.

1945년	쿠바로 돌아오고 마서와 이혼하다.
1946년	3월에 메리 웰시와 결혼하다.
1948년	12월에 이탈리아 여행 중 아드리아나 이반치크와 사랑에 빠지다.
1950년	9월에 《강 건너 숲 속으로》를 발표하다.
1951년	6월에 어머니가 사망하고, 10월에 전처 폴라인이 사망하다.
1952년	9월에 《노인과 바다》를 발표하다.
1953년	5월에 《노인과 바다》로 퓰리처상을 받다.
1954년	아프리카 여행 중 비행기 추락으로 부상을 당하다. 10월에 노벨 문학상을 받다.
1959년	5월에서 10월까지 스페인 투우 견문기를 '위험한 여름'이라는 제목으로 〈라이프〉에 연재하다. 밸러리 댄비를 비서로 고용하고 그녀와 사랑에 빠지다.
1960년	쿠바를 떠나 미국으로 이주하다.
1961년	7월 2일 아이다호주의 자택에서 엽총으로 자살, 생을 마감하다.

노인과 바다

초판 1쇄 인쇄 2023년 12월 11일
초판 3쇄 발행 2024년 7월 15일

지은이 어니스트 헤밍웨이
옮긴이 서나연
펴낸이 이효원
편집인 송승민
마케팅 추미경
디자인 문인순(표지), 이수정(본문)
펴낸곳 올리버
출판등록 제395-2022-000125호
주소 경기도 고양시 덕양구 삼송로 222, 101동 305호(삼송동, 현대혜리엇)
전화 070-8279-7311   **팩스** 02-6008-0834
전자우편 tcbook@naver.com

ISBN 979-11-93130-80-3 03840

*값은 뒤표지에 있습니다.
*잘못된 책은 구입하신 서점에서 바꾸어 드립니다.

* 도서출판 올리버는 탐나는책의 교양서 브랜드입니다.

올리버 세계교양전집 목록